Tonino Benacquista

Toutes
les histoires d'amour
ont été racontées,
sauf une

Gallimard

Après avoir exercé divers métiers qui ont servi de cadre à ses premiers romans, Tonino Benacquista construit une œuvre dont la notoriété croît sans cesse. Après les intrigues policières de *La maldonne des sleepings* et de *La commedia des ratés*, il écrit *Saga*, qui reçoit le Grand Prix des lectrices de *Elle* en 1998, et *Quelqu'un d'autre*, Grand Prix RTL-*Lire* en 2002. *Nos gloires secrètes*, recueil paru en 2013, a reçu le Grand Prix SGDL de la nouvelle 2014 et le prix de la Nouvelle de l'Académie française 2014.

Scénariste pour la bande dessinée (*L'outremangeur*, *La boîte noire*, illustrés par Jacques Ferrandez), il écrit aussi pour le cinéma : il est coscénariste avec Jacques Audiard de *Sur mes lèvres* et *De battre mon cœur s'est arrêté*, qui leur valent un césar en 2002 et en 2006. *Malavita* (2004) a été adapté au cinéma en 2013 par Luc Besson avec Robert De Niro, Michelle Pfeiffer et Tommy Lee Jones dans les rôles principaux.

À la mémoire d'Étienne

À la mémoire de Lina Nahmias

Quand j'ouvris les yeux, je vis l'Aleph [...]. Le lieu où se trouvent, sans se confondre, tous les lieux de l'univers, vus sous tous les angles.

JORGE LUIS BORGES,
L'aleph

Nous sommes faits de l'étoffe de nos rêves et notre petite vie est entourée de sommeil.

WILLIAM SHAKESPEARE,
La tempête

Depuis sa disparition, Léo me manque. Lors de notre tout dernier échange, il m'a dit, s'adressant à ses parents et amis à travers moi : « Je vous quitte pour un monde meilleur. » Six mois plus tard, personne ne sait s'il est toujours en vie mais quelque chose me dit que sa formule, un rien mélodramatique, n'annonçait pas un suicide.

Avant que le drame ne fasse de lui un être de pure rancœur, j'ai connu un autre Léo, secret et lointain, mais si attachant quand il consentait à venir nous visiter, l'espace d'une soirée, avant de regagner sa planète. Il habitait alors à Paris, rue de Turenne, près de la place de la République, dans un studio mansardé équipé d'un vasistas et d'un matelas à deux places où il dormait seul, hormis les nuits où la discrète Angélique l'y rejoignait. N'étant pas plus que lui une créature passionnée, elle m'a un jour confié que tous deux concevaient leur intimité de la même manière : « Je suis bien avec toi », disait l'un. L'autre répondait : « Moi aussi. » Gaëlle ne ferait irruption dans la vie de Léo que bien plus tard.

Parmi ceux qui se souviennent de lui, certains le décrivent comme un être indolent, et assez dépourvu d'ambition pour occuper un banc de square jusqu'à la fermeture sans éprouver ni ennui ni culpabilité. D'autres le voient comme un doux rêveur, peu disert, un *sans-opinion*, mais toujours à l'écoute de qui s'impatiente de faire connaître la sienne. On vante volontiers les qualités de cœur du cher disparu, faute d'en trouver d'autres. Personne n'ose prononcer le mot tabou de candide quand il n'y en a pas de plus juste.

Léo et moi nous rencontrons lors d'une de ces soirées improvisées où des amis d'amis se bousculent dans une chambre de bonne autour d'une bouteille de mauvais whisky. Je lui pose la seule question qui me paraît essentielle : « Tu fais quoi dans la vie ? » Il répond : « Des enquêtes SNCF. Je suis le type qui passe dans les wagons avec des pointes bic et des questionnaires. » Il n'ajoute rien ni ne prétexte là un job d'appoint en attendant une carrière éblouissante – à l'inverse de nous autres, une poignée d'étudiants, prochains maîtres du monde. Pensant que son sourire de taiseux cache quelque carence intellectuelle, j'évite toute référence trop pointue, toute analyse trop poussée afin de ne pas le larguer en cours de route, comme l'idiot condescendant que je suis.

Une semaine plus tard il nous invite, ma fiancée de l'époque et moi, dans son gourbi de la rue de Turenne. Il nous présente Angélique, mais tous deux se gardent bien de montrer le moindre signe d'affection devant témoins, si bien qu'il m'est impossible de savoir s'ils se découvrent à peine ou s'ils se connaissent par cœur. En fin de soirée, comme d'autres auraient proposé un digestif, il sort une liasse d'imprimés, nous expliquant que le jour même il a eu la flemme de prendre un aller-retour Paris/Rouen, et le voilà avec cent questionnaires vierges à rendre le lendemain. Stylo en main, nous prenons place autour de la table pour répondre à des questions du genre : *Quel est le motif principal de votre trajet actuel ?* Ou bien : *Qui a payé votre titre de transport ?* et, jusque tard dans la nuit, en voyageurs immobiles et hilares, nous nous inventons des identités, des destinations fictives, des itinéraires improbables, en essayant autant que faire se peut de varier nos écritures. Et, pour ajouter à l'authenticité de l'opération, Léo empoigne un pied de table et le secoue pour faire déraper nos plumes sur le papier afin, dit-il, de « simuler les secousses du train ». Je crois que c'est avec ce geste-là que je me suis pris d'affection pour lui.

Il a beau passer pour un nonchalant, je suis l'un des rares à le voir déployer sa belle énergie quand deux ou trois fois par semaine il s'en va arpenter Paris, de jour comme de nuit, harnaché de son matériel de photographe amateur. Il prétend ne pas décider consciemment de ces sorties mais obéir à un impératif supérieur ; a-t-il capté quelque chose dans l'air, une lumière particulière à travers son vasistas, une ambiance ? Lui-même ne saurait le dire mais le voilà déjà dehors. Certes, il a en arrière-pensée un paysage, un quartier, un monument déjà repéré lors d'une précédente errance mais, la plupart du temps, au lieu de s'y rendre directement, il flâne et se laisse surprendre par un sujet inattendu qu'il est sans doute le premier à avoir dans son objectif. À l'inverse, il peut s'attaquer au Pont Neuf ou à la tour Saint-Jacques sans craindre le chromo mais, au lieu de mitrailler comme je l'aurais fait, il se contente d'appuyer une seule fois sur le déclencheur, ou pas du tout, car selon lui il y a bien plus de raisons de ne pas prendre une photo que de la prendre. Quand il m'arrive de l'accompagner dans ses divagations – c'est alors à moi de porter le trépied et le réflecteur –, nous traversons la capitale en bavardant, roulons des cigarettes, admirons les passantes, mais tôt ou tard Léo se fige comme un chien d'arrêt : il a *vu* quelque chose, un réverbère sous la lune, un immeuble vétuste dont les fenêtres renvoient un halo vert, ou même la place de la Concorde se révéler sous un angle inédit. Je n'en prends conscience qu'une fois la photo sous les yeux car, pendant qu'au coin d'une rue nous attendons qu'une enseigne veuille bien s'allumer ou s'éteindre, rien de tout cela ne m'apparaît.

Un soir, pendant qu'il prépare du thé avant de partir pour un de nos safaris de bitume, je jette un œil sur son cadre de vie fait de bric et de broc, ses meubles en formica, ses objets en plastique, la plupart récupérés dans la rue. Lui-même est habillé avec des nippes dénichées dans la solderie d'en face. Il nous sert le thé dans une tasse ébréchée et un mug publicitaire. Devant un tel condensé de mauvais goût dans un espace si restreint, je lui dis, pour le taquiner : *Tout ton sens esthétique passe dans la photo !*, étonné que je suis de le découvrir à la fois si intransigeant dans son travail et si insensible à la laideur ambiante. J'en conclus qu'elle n'entre pas dans son champ de vision car seul le gracieux y parvient ; ce doit être assez pittoresque de voir le monde à travers les yeux d'un Léo.

Agacé par son manque d'ambition, j'insiste pour qu'il tente sa chance auprès des agences de photos et des banques d'images – Dieu seul sait combien je le regrette aujourd'hui car rien de ce qu'il a subi par la suite ne se serait produit sans mon insistance. Très allergique à cette idée, il se lance dans un amer couplet sur ce XXIe siècle saturé de photos d'un esthétisme parfait, un glamour de cauchemar qui nous rappelle que la toute-puissante marchandise a gagné. S'expriment là l'orgueil d'un Léo craignant de passer pour un dilettante aux yeux des pros de l'illustration, mais aussi sa peur d'affronter une concurrence rompue aux figures imposées de la communication moderne. Je prends donc sur moi de constituer un dossier et d'envoyer aux agences, avec son assentiment, un portfolio numérique. Dès le lendemain, l'une d'elles lui donne rendez-vous dans ses locaux.

Quelques jours plus tard on trouve en ligne deux cents de ses photos, classées selon des thèmes qui nous amusent tous deux : « Les couleurs de Paris » ou « Au fil des rues ». Dans la rubrique « Les citadins », je reconnais le plan rapproché d'une main

– la mienne – saisissant une tasse de café posée près d'un journal sur un zinc de bistrot. Je me souviens encore de ce matin où nous étions rentrés bredouilles d'une virée autour de la porte d'Orléans ; rien n'avait eu grâce à ses yeux, ni la voûte étoilée au-dessus du cimetière de Montrouge, ni le quartier d'Alésia, ni les pavés de la rue Boulard, ni le lion de Denfert dans le jour naissant. Fatigués, découragés, nous nous étions arrêtés dans un café qui ouvrait à peine, et là, surpris par le premier rayon d'un soleil d'hiver, Léo m'avait demandé de poser mon coude sur un quotidien tout juste sorti des presses et de saisir ma tasse. La photo sera publiée plus tard dans un magazine pour illustrer un article intitulé : « Le buzz et après ? »

Son agence vend en moyenne trois de ses photos par semaine et lui rétrocède 50 % des sommes, assez pour en finir avec les enquêtes ferroviaires. Les premiers temps, il craint de perdre à la fois la fraîcheur et la chance de l'amateur. Passer professionnel signifierait la fin de l'innocence.

Une prémonition que j'entends de façon bien différente aujourd'hui.

Où qu'il se trouve, je me plais à l'imaginer à la recherche de son innocence perdue.

LE BARON JOHANN VON BIKENHAGEN
COMPTE SUR VOTRE PRÉSENCE
À LA SOIRÉE QU'IL DONNE
EN SON MANOIR DE MARENSTADT
LE 14 OCTOBRE 1941

Le jeune docteur Allenbach saisit le bristol plié sur son tableau de bord.

Puis, dans la boîte à gants, il attrape une blague à tabac pleine de pastilles de diverses couleurs et en choisit une blanche, qu'il glisse dans une poche de son gilet. Il sort de sa Volkswagen Beetle garée parmi des cabriolets argentés, des limousines avec chauffeur, et s'achemine vers le manoir, ses tourelles gothiques, sa coursive parcourue de lierre, ses vitraux où se reflète, démultiplié, un croissant de lune.

Le voilà dans le salon où les convives, pour la plupart des soldats accompagnés de leur épouse, boivent dans du baccarat des vins français au son d'une harpe. On échange des nouvelles du front sur un ton mondain et volontiers sarcastique pour ne pas lasser les dames par de barbants développements militaires. Un colonel évoque « cet ivrogne de Churchill », et Klaus Allenbach en profite pour placer une anecdote sur l'Anglais :

— On raconte que lors d'un dîner officiel un jeune militaire qu'il trouve horriblement prétentieux lui demande le chemin des toilettes. Churchill répond : « Au fond du couloir vous trouverez une porte marquée *Gentlemen*, et vous entrez quand même. »

Personne n'ose réagir à un bon mot de l'ennemi, hormis le maître de céans, le baron von Bikenhagen en personne, qui s'esclaffe, autorisant ainsi ses invités à en faire autant. Puis il lève son verre à l'exploit du jeune docteur qui aurait, dit-on, sauvé à lui seul tout un détachement de soldats blessés lors de la prise de Smolensk.

Plus tard, une jeune femme, une coupe à la main, impressionnée par l'héroïque et fringant docteur, lui demande comment il a eu vent de cette anecdote sur Winston Churchill. Il répond :

— Ce jeune militaire qu'il trouvait horriblement prétentieux, c'était moi…

Elle laisse échapper un rire, pensant qu'il plaisante.

C'est maintenant l'aube. Klaus dort paisiblement, son admiratrice lovée contre lui, quand la patronne de la pension où il séjourne vient le réveiller. On l'appelle d'urgence au chevet du baron.

Au fond de son lit, l'officier hurle, pris de convulsions. Son médecin personnel est présent, impuissant à le soulager; c'est le baron lui-même qui a fait mander le jeune docteur dont la veille il vantait les talents. Les deux praticiens se rendent à l'évidence: le baron a été empoisonné et sa mort est inéluctable si l'on ne trouve pas un antidote dans l'heure. Klaus Allenbach est soudain rongé par le doute en entendant les cris de bête du mourant, qui le supplie d'intervenir. Pour l'avoir administré lui-même, hier, dans le verre de son hôte, il sait que le chlorure de potassium peut être neutralisé par une simple piqûre de dexedrine.

Un terrible conflit éthique se joue dans le cœur du jeune médecin militaire; les services du renseignement anglais, qu'il sert depuis toujours, lui ont confié pour mission d'assassiner le baron von Bikenhagen, le boucher du Front de l'Est. Mais celui-ci, à cet instant, n'est plus un officier ennemi mais un homme qui agonise, et les hurlements qu'il pousse sont insoutenables. Le jeune Klaus est déchiré entre son serment de médecin et son sens du devoir de combattant en guerre.

Le temps presse. Dans une minute il sera trop tard…

C'est sur ce questionnement que s'interrompt l'épisode. Il faudra attendre le prochain pour savoir ce que la conscience du jeune médecin lui a dicté de faire.

Une rhapsodie au piano accompagne le générique.

Puis l'écran blanc scintille dans la chambre obscure. Le bruissement du projecteur se devine à peine. C'est l'heure abyssale, quand le crépuscule s'est estompé et que rien n'annonce l'aube.

*

La chambre obscure mesure huit mètres sur quatre, pour une hauteur de trois mètres vingt sous plafond. Un mur laissé en blanc sert d'écran, les trois autres sont peints en noir pour effacer les contours de la pièce durant les projections. Sur des tablettes reposent le projecteur, le tuner et plusieurs boîtiers avec leur télécommande. À chaque angle est vissée une enceinte à mi-hauteur. Des panneaux de carton noir ont été scotchés sur les vitres de la fenêtre, elle-même aveuglée par des rideaux opaques. Au sol, un grand lit recouvert de draps.

Elle constitue la pièce principale d'un studio situé au sixième étage d'un immeuble parisien qui donne sur un boulevard. Mais l'adresse n'a guère d'importance car la chambre obscure ne souffre aucune autre présence que celle de Léo et ne saurait être connue d'autrui.

*

À l'écran, un nouveau décor.

Un gigantesque entrepôt désaffecté.

Du chiendent a poussé entre les dalles en ciment. Des pylônes d'acier en forme de palmiers soutiennent un dôme en verre constitué de facettes de la taille d'une fenêtre, certaines crevées au lance-pierre. La structure de la voûte menace de s'effondrer, la crasse et l'usure ont terni son éclat, mais dès les beaux jours une lumière chaude et consolante redonne au lieu son cachet d'antan.

L'entrepôt, ainsi que quatre autres, situés sur les anciens docks du port marchand de Philadelphie, stockait jadis des containers acheminés par voie fluviale. Depuis quarante ans se sont succédé des projets de résidences immobilières ou de centres commerciaux pour réhabiliter l'espace, mais à ce jour aucun chantier n'a été ouvert. Comme en témoignent les graffitis sur les murs, des communautés de marginaux ont élu domicile ici, mais elles aussi ont fini par partir avant qu'un ciel de verre ne leur tombe sur la tête.

Le lieu abrite désormais un regroupement d'alcooliques, dissidents et non-repentis, désignés avec un certain dédain comme « ceux du dôme » par les autres groupes de parole, plus fréquentables, établis en ville. Contraints de se cacher pour avouer leurs turpitudes, ils savent qu'ici aucun donneur de leçons ne viendra leur rappeler qu'ils sont en sursis.

Une douzaine d'habitués sont présents, dont Bill, Miss Owen, Jack, Carmen, Mr Melnick, ainsi qu'une poignée de visiteurs attirés par leur réputation sulfureuse. Comme à chaque début de séance, les regards convergent vers la belle et intempérante Maureen.

« Désolée d'être aussi prévisible », elle admet que cette nuit encore elle a couché avec « le gars qu'il fallait pas ». Et pourtant il était si prévenant, comparé à tous les gros lourds du bar. Il s'est même fendu d'une bouteille de Wild Turkey à cinquante-cinq dollars. Et surtout, geste attendrissant, il l'a ramenée chez lui, et non dans un motel minable comme le font tous les autres.

Nous remontons quelques heures dans le temps, et voilà Maureen et son compagnon d'un soir, entrant, hilares, dans cette chambre impeccablement rangée et décorée avec goût. Elle allume la télé, il ramène deux verres. Il lui répète dix fois qu'elle est belle, elle répond que c'est faux mais elle se sent exister. « T'es une reine, Maureen. » Ils tombent du lit tant ils sont saouls, s'y hissent comme ils peuvent, puis sombrent, enlacés, dans un sommeil caverneux.

Au réveil, une voix de femme somme Maureen de quitter son lit et la traite de « putain de pute ». C'est l'épouse, qui rentre de voyage. Elle contient sa rage froide et déclare à son mari, nu sous le drap, qu'il a gagné : c'était la garce de trop. Elle accepte le divorce.

Maureen comprend soudain ce qu'elle fait là.

Il était si prévenant, hier, au bar...

Dans l'entrepôt, c'est le silence déçu des autres membres du groupe, dont Bill :

— Maureen, t'es pas trop abîmée malgré le bourbon que tu t'envoies. Tous les gars présents ici te mettraient volontiers dans leur lit. Mais à chaque séance tu nous fais le coup, bordel !

Quand c'est pas un mec marié, c'est un clodo qui te pique tes sous, et quand c'est pas un cogneur, c'est un pervers qui te fait des trucs qu'on voit même pas dans les pornos. Comment t'expliquer qu'il ne faut pas croire ce que disent tous les connards qui veulent te baiser ! Arrête le bourbon ou arrête les hommes, parce que les deux ensemble ça te vaut rien.

Et elle promet, et personne n'y croit.

Léo se demande parfois s'il ne reste pas fidèle à ces réunions pour la seule présence de Maureen. Son inexplicable rayonnement, malgré ses stigmates de débauchée. Sa beauté qu'on croirait réservée à des princes et qu'elle livre à des rustres. Son cœur et son corps mis à nu par le premier venu qui lui offre un verre. Elle traverse la nuit comme une étoile filante et se réveille sur terre, de préférence n'importe où. Elle passe du pathétique au sublime par la seule variation d'une ombre.

*

Jusque dans ses songes il a appris à convoquer les lieux où il souhaite revenir après les avoir découverts à l'écran, à tenir des conversations avec des personnages qu'il désire mieux connaître, à affronter des questions auxquelles eux-mêmes ont déjà répondu. La chambre obscure agit alors comme une caisse de résonance à sa pensée et ses rêveries. Une délicate alchimie, qu'il ne cherche pas à maîtriser, s'opère. Il lâche prise, se laisse envahir par un monde de fiction qui l'entraîne par-delà son esprit conscient, et dès lors rien ne lui paraît plus réel que ce qui se joue ici.

*

Certains soirs de nouveaux personnages se pressent à la porte de la chambre obscure afin qu'on leur donne leur chance. Léo en choisit un selon l'humeur, laisse les autres en souffrance. Pour l'heure, il cherche le canal où est diffusé le pilote de CHAPTERS, intitulé en français LES CHAPITRES DE LA VIE D'HAROLD. D'après un résumé qui s'affiche à l'écran, la série raconte les tribulations d'un écrivain anglais narcissique et misanthrope, doté d'une vive imagination dans ses écrits mais bien peu doué pour la vie.

Pourquoi lui, alors que Léo pourrait s'intéresser aux dernières péripéties que traverse Cécile Gagliardi, la ressuscitée? Ou suivre les mésaventures d'une poignée d'Indiens Séminoles, surnommés les Code Talkers pour avoir contribué au Débarquement, leur idiome étant indéchiffrable par les Allemands. Ou retourner séance tenante au Danemark, au XIIe siècle, dans la série JUTLAND qui décrit les affres du prince Amleth, dit «l'Idiot», décidé à venger le meurtre de son père, et ce trois cents ans avant que Shakespeare ne s'inspire de sa légende pour écrire la pièce de théâtre la plus célèbre du monde. Hamlet le vrai! Alors pourquoi s'attarder sur cet Harold dont on devine, à voir sa dégaine d'ancien jeune tout surpris par sa cinquantaine, qu'il n'a jamais trouvé sa place dans le réel, à moins que le réel ne l'ait rejeté comme un corps étranger. Et pourtant il lui suffit d'apparaître à l'image pour exister bien plus qu'un être de chair et d'os qui, à peine croisé dans la rue, s'empresse de retourner dans les limbes des âmes indifférenciées. Au tout premier plan rapproché sur le visage d'Harold, Léo peut y lire la désinvolture, l'arrogance, mais aussi le désenchantement, il est de la race des inconsolables, et son regard semble dire au spectateur : *Vous faites comment, ici-bas ? Moi j'ai une vie intérieure, mais vous ?*

Nous sommes à Londres. Dans un couloir d'hôpital, il cherche un numéro de chambre.

En surimpression on lit une phrase tapée à la machine à écrire, comme un début de roman :

Chapitre 1

Toutes les histoires d'amour ont été racontées, sauf une.

Le visiteur est maintenant devant une femme alitée qui raconte comment elle est tombée en pleine rue, prise d'une rage convulsive très spectaculaire au dire des témoins. Trois jours plus tard, elle a encore le visage tuméfié d'une femme battue. Lui, mal à l'aise, joue l'humour : « Première crise d'épilepsie à ton âge… Tu as toujours été en retard sur tout… » On comprend que ces deux-là se sont aimés il y a longtemps et qu'aujourd'hui ils partagent une formidable complicité, mais aussi quelques non-dits et un ou deux remords. Lassée d'être regardée comme la malade, Lena inverse les rôles et prend des nouvelles de son Harold, qui s'empresse de raconter ses démêlés avec son éditeur et ses pannes d'inspiration. Dans les yeux de Lena on lit de la tendresse pour cet égocentrique d'exception qui, devant un parterre de mourants, n'aurait aucune honte à se plaindre des méventes de son dernier bouquin. Il en profite pour lui raconter l'intrigue du prochain, provisoirement intitulé *The Fat Dancer of Dresden*, une sombre histoire de touristes qui disparaissent dans des catacombes pour ressurgir après la fin du monde. Il n'a pas le temps de développer qu'elle le coupe :

— Pourquoi n'écrirais-tu pas une histoire d'amour, au lieu de tes conneries habituelles ?

Ça sonne comme un défi, lancé avec une telle fermeté qu'il laisse Harold sans voix.

— Tu es bien le seul à n'avoir pas compris que tes romans joyeusement désespérés, tes apocalypses baroques, désormais tout le monde s'en fout.

— Toutes les histoires d'amour ont été racontées.

— Toutes sauf une. Celle que personne d'autre n'écrira à ta place.

— Tu me vois décrire tous ces beaux élans du cœur, moi, Harold Cordell ?

— Sors de ton petit pré carré, on en a tous fait

le tour. Essaie de t'aventurer là où tu ne vas jamais. Trouve un stratagème. Engage-toi dans ce bouquin comme si tu partais sur les traces d'un fauve…

— … ?

— Un tigre des montagnes, disons. Prends le temps qu'il faudra mais ne tarde pas trop, son espèce est en voie d'extinction.

— … ?

— Et si tu le rencontres, essaie de le regarder droit dans les yeux. Je sais qu'il faut des couilles pour ça, Harry, mais ça vaut le coup d'essayer avant que tu deviennes sénile, non ? Promets-moi d'y réfléchir.

Harold n'a pas envie de contredire Lena, il l'a tant fait, il y a longtemps, et pour des motifs indignes qu'il regrette maintenant, en la voyant là, dans son pyjama, le visage bleu de s'être cogné au bitume. Avant de la quitter il dit, redevenu le Harold de toujours :

— Tu es peut-être atteinte du haut mal. Celui de Jules César, d'Alexandre le Grand et des Romanov. Tu es peut-être une élue…

Dans le couloir, il cherche à en savoir plus auprès d'un interne, qui lui demande s'il a un lien de parenté avec la malade.

— Je suis son frère.

Oui, il se sent comme un frère, un frère cadet, leur lien désormais est tout à fait celui-là.

— Une épilepsie tardive aurait pu être causée par un choc psychologique lourd, mais ce n'est pas le cas. Votre sœur a un glioblastome.

— …?

— Une tumeur au cerveau.

— …

— Je ne lui ai pas encore annoncé. Une opération est possible. Ce sera à elle d'en décider. Parlez-en ensemble.

— Vous pensez que ça peut expliquer des propos incohérents? Parler de fauves, d'espèces en voie d'extinction?

— …?

Harold est maintenant au fond de son lit, les yeux grands ouverts. À six heures du matin, il cherche sur son smartphone un contact.

— Docteur? Je vous dérange? Il est un peu tôt…

— Je ne suis plus votre analyste depuis longtemps.

Harold s'en fiche bien et se lance dans un questionnement confus à propos de Lena: pourquoi cette tumeur? Se serait-elle punie de n'avoir pas eu cet enfant qu'elle désirait de toutes ses forces avec un Harold bien moins motivé? À l'époque, ils avaient tout essayé. Surtout elle. Il fallait baiser ici et tout de suite à cause d'une courbe de température, Harold appelait ça «l'injonction ovulaire», laquelle a fini par tuer le désir en lui. Le docteur dit se souvenir de cette «injonction ovulaire». Après leur séparation, Lena ne s'est pas mise en quête d'un autre père ou même d'un géniteur. Elle a lâché l'affaire. Alors voilà, cette tumeur n'est-elle pas la triste conséquence du sacrifice qu'elle a fait là? Et moi, Harold, n'en suis-je pas en grande partie responsable?

— Cette tumeur est hélas bien réelle, Harold, et non le fruit de votre imagination débridée qui tente de distordre les événements de la vie des autres comme s'il s'agissait de vos personnages. Si vous éprouvez de la culpabilité, retournez à son chevet, accompagnez-la, et cette fois respectez ses choix. Il faut que je vous quitte. Courage.

Et le docteur Mosley raccroche en s'empressant d'éliminer l'épuisant Cordell de la liste de ses contacts.

De retour à l'hôpital, Harold trouve un lit vide. La nuit dernière, Lena n'a pas survécu à une hémorragie intra-tumorale.

Il cherche une trace d'elle, une odeur, un objet, un signe.

Le matelas est à nu. La table de chevet est vide.

Il sort son téléphone pour lancer une recherche sur le tigre des montagnes. Apparaît la photo d'un tigre de Sibérie, appelé aussi, du nom du fleuve qui la traverse, tigre de l'Amour.

Sans doute ne suis-je pas le dernier à avoir vu Léo vivant. Mais je suis le seul à avoir assisté, peu avant qu'il ne disparaisse, à sa saisissante métamorphose.

Devenu photographe professionnel, s'ouvre à lui une ère vagabonde. L'ermite de la rue de Turenne fait la connaissance du nomade en lui. Il explore la province, arpente le pays en tous sens. Dès lors je n'ai de nouvelles de lui qu'à travers ses clichés, envoyés comme des cartes postales, le jeu consistant à ne rien écrire au verso afin de me laisser deviner où il est – le Lubéron ou l'arrière-pays nantais ? les rizières de Camargue ou le marais salant de Guérande ? C'est souvent grâce au cachet de la poste que j'y parviens. Il s'enhardit encore, franchit les frontières, séjourne au Viêt Nam ou à Buenos Aires. Durant ces années-là, nous nous voyons peu mais paradoxalement notre amitié s'en trouve fortifiée ; quand chaque matin je croise les mêmes visages dans le hall de ma société, quand la fenêtre de mon bureau m'offre les tours de la Défense pour unique paysage, je sais que quelque part sur terre mon camarade découvre de nouveaux décors, rencontre des peuples, se soumet aux lois de la nature et s'en remet à l'inconnu. Curieusement, je ne l'imagine plus comme un photographe mais une sorte de voleur, l'œil aux aguets et la main prompte à dérober une image. Je note avec ironie que le seul d'entre nous n'ayant aucune ambition vit désormais de sa passion. Une toute petite part de cet accomplissement me revient puisque sans moi sans doute ne l'aurait-il jamais connu.

Après huit mois sans donner de nouvelles, il me propose de le retrouver au débotté dans une gargote de la place de la République. L'ancien Léo a perdu sa mue, elle cachait un aventurier au port altier, à l'élégance insoupçonnée. J'attends des confidences exotiques, des anecdotes du bout du monde, je l'imagine remonter des fleuves, prendre des vols de nuit, séjourner dans des favelas et des chinatowns, dormir sur des plages. Et je ne suis pas très loin de la vérité, même s'il s'efforce de rendre sa nouvelle vie banale par pudeur envers moi. «Rien de sensationnel, tu sais.» En Asie du Sud-Est, en Afrique du Sud, en Argentine, il capture des lumières dorées et noires, des rayons verts, des aurores bleues, des ciels roses. À l'écouter raconter son «rien de sensationnel», j'en deviens nostalgique de ce que je ne vivrai jamais. Il travaille désormais pour huit agences, dont une à Chicago qui lui propose régulièrement de profiter d'une de ses destinations pour couvrir un événement, une fête folklorique ou les dégâts d'une tempête ; mais, n'étant ni reporter ni artiste, il n'a aucune envie de publier son travail dans la presse d'actualité ni de l'accrocher sur des cimaises de galerie – l'idée même de donner du sens à ce qu'il fait le met mal à l'aise. Il tient obstinément à rester un petit illustrateur qui arrête son regard sur des sujets banals et quotidiens, qu'il s'efforce de rendre charmants et uniques. Il récuse le mot même de talent, à manier selon lui avec d'infinies précautions, au mieux se reconnaît-il une patience à toute épreuve et une insatiable curiosité, la combinaison des deux étant son seul talent.

À Paris, la douce Angélique se lasse. À trente-trois ans, elle recherche une stabilité que le nouveau Léo ne lui offrira plus. Il cesse de lui envoyer des cartes postales.

Or à la même époque, Gaëlle, une amie d'enfance, se plaint à moi de son célibat ; selon elle, son besoin d'indépendance fait fuir les garçons : « Ils en cherchent tous une qui leur fout la paix, et quand ils en trouvent une qui veut qu'on lui foute la paix, ce sont eux qui réclament des attaches ! » Elle s'est inscrite sur des sites de rencontres mais aucun de ses prétendants ne passe le cap du premier rendez-vous, ce que je conçois volontiers quand elle me décrit celui qu'elle cherche, sincère et fidèle, mais capable d'éloignement sans craindre l'absence, un amour intermittent, entrecoupé de rafraîchissantes éclipses et d'ardentes retrouvailles. « Mais cet homme-là n'existe pas », me dit-elle, peu avant que je me mette en tête, pour la seconde fois, d'être celui par qui le bonheur arrive, quand personne ne m'en demandait tant.

Le soir où je les fais se rencontrer, un séisme au-delà du concevable se produit. Comme si tout s'effondrait autour d'eux, décors et figurants, moi y compris, et qu'une fois le silence revenu, au milieu des décombres, seules leurs deux silhouettes se tenaient encore debout.

Les mots leur manquent, j'en reste muet moi aussi, nous en rougissons tous les trois, nous en rions même, car le saisissement est tel qu'il serait plus gênant encore de ne pas en prendre acte. En aparté, je demande à Gaëlle : « Est-ce bien à un coup de foudre que j'assiste là ? » Elle me répond : « C'est pire. »

Les premiers temps de leur installation, tous deux m'évitent avec soin. Je soupçonne une inévitable phase fusionnelle leur interdisant tout commerce avec autrui. Or j'apprends par des amis communs que Gaëlle présente *l'homme de sa vie* à sa famille, que Léo invite les siens à découvrir *la femme qu'il aime*, et qu'avec d'autres couples ils forment une petite tribu dans laquelle ils se gardent bien de m'inclure. Des ingrats, me dis-je, déçu par deux êtres qui sans mon intervention n'auraient nullement connu cette passion qu'ils affichent en ville. Je cesse de leur en vouloir quand je comprends leur besoin de réinventer leur histoire comme si seul un destin grandiose avait présidé à leur rencontre, et non un banal intermédiaire qui à leur insu avait décidé de leur union. Ils se doivent donc leur bonheur, ils sont *faits l'un pour l'autre*. Devant tant de fulgurance et de légitimité, à quoi bon le regard d'un témoin ?

Honteux de ne pas l'avoir fait plus tôt, ils m'invitent enfin à leur table. D'emblée je suis saisi par la vitesse avec laquelle ils ont fusionné en une seule entité, même s'ils veillent à ne jamais dire *nous* au fil des conversations. Chacun d'eux a absorbé la culture de l'autre, ses engouements, ses credo, car tout fait écho, tout se répond depuis qu'ils sont deux. Ne l'ayant jamais vécu moi-même, je ne sais si cet état d'intimité béate est enviable ou non, tant ce qu'ils disent, pensent et ressentent ne souffre plus la moindre nuance individuelle. Ils ne s'interdisent rien et tout leur réussit. Conscients que la marche du monde est chaotique, ils veulent néanmoins en découdre avec l'avenir, prêts à inverser le sens de l'Histoire si leur bonheur en passe par là. Quand j'ose décrire plus prosaïquement leur état – « vous êtes amoureux » –, ils en sont presque vexés tant leurs émois leur semblent uniques. Du reste, je les sens bien plus attirés par la chose intellectuelle qu'ils ne l'étaient individuellement ; ils prêtent l'oreille aux philosophes et aux penseurs dont le discours les engage à revisiter notre époque et nos mœurs. Devant ce déferlement de sens, ils me font penser à deux ours qui, en voyant passer des dizaines de saumons au fil de l'eau, sont tout surpris d'en attraper un au hasard d'un coup de patte. Ce poisson-là est délicieux.

Par ailleurs je m'étonne de les voir éviter l'étape de la nidification, quand l'acquisition du moindre objet ménager devient, pour ceux qui s'installent, un délicieux débat. Aucun des deux n'aimant les meubles, la décoration et les œuvres d'art, leur appartement est étrangement dépouillé. Le vide leur sied. Une pièce qui deviendra un jour celle des enfants sert à entreposer le travail de Léo, qui affirme avoir délaissé les escapades aux antipodes pour se concentrer sur Paris, son éternelle source d'inspiration. Je m'amuse de le voir invoquer là le parti pris artistique au lieu d'avouer qu'une semaine sans *elle* lui paraît insurmontable. Gaëlle, et c'est un de ses traits de caractère que j'apprécie depuis toujours, n'aime rien tant que ses habitudes, sa journée type, sa routine ; elle se satisfait pleinement de son job d'assistante dans le cabinet dentaire de son père, lequel vient d'accueillir dans le clan Guilloux son futur gendre et rêve de mener sa fille devant l'autel. On me propose déjà le rôle du témoin, qui me revient de droit, disent-ils. J'accepte volontiers.

Les photos de son bien-aimé stimulent l'imagination de Gaëlle ; de simples passants sont des amoureux, les vieux immeubles recèlent des mystères, un réverbère est un phare dans la nuit pour citadins à la dérive. Pendant qu'il s'absente pour aller chercher ses travaux en cours, elle me dit, émue : « Je suis si fière de l'aimer. » La soirée se prolonge mais je sens qu'ils ont hâte de se retrouver seuls – je me sais de trop dans ce cocon où se lovent les couples émerveillés de l'existence de l'autre. Mais je sais aussi qu'une fois la fièvre tombée, leur bonheur ressemblera à une photo de Léo, un coin de rue paisible, des couleurs tièdes, un ciel apaisé, un pavé battu mais solide. Je les y vois déjà, entourés d'enfants qui jouent, de voisins et d'amis qui font la fête. Les années pourront s'y écouler, nombreuses et tendres.

Je quitte leur appartement sur la pointe des pieds.

Jamais ils n'habiteront cette rue-là.

On dirait un saphir qui brille dans l'infini des ténèbres.

Sa contemplation bouleverse qui s'y adonne.

Allongé face à l'écran, Léo observe la planète Terre comme par le hublot de la station spatiale internationale où se déroule l'action de SUR ORBITE. La bille de cristal bleu irisé de blanc exerce un inexplicable pouvoir de fascination qui pousse à des rêveries métaphysiques. Vu du ciel, notre astre originel retrouve tout son mystère : pourquoi cette perle rare, perdue dans un univers d'indifférence ? Comment une minuscule étoile a-t-elle pu engendrer la vie, la terre et la mer, les jours et les nuits, les saisons, la faune, la flore ? Que ce soit le fait d'un tout-puissant créateur ou d'une combinaison de miracles géophysiques, le paradis existe bel et bien.

Frédéric, lui non plus, ne se lasse pas de ce spectacle depuis quatorze semaines qu'il vient de passer dans la station orbitale avec quatre autres astronautes. Nationalisme, concurrence, sexisme sont là-haut des termes vides de sens, un seul ayant cours : synergie. Cependant la Russe Aksana a de plus en plus de mal à cacher ses sentiments pour le Français qui, la proximité aidant, n'est pas insensible à son charme. Ils se verraient volontiers faire l'amour en apesanteur si dix caméras n'étaient braquées sur eux vingt-quatre heures sur vingt-quatre. Tous deux se rêvent secrètement en Adam et Ève de l'espace. Il leur suffirait de croiser une toute petite planète habitable pour y recréer une humanité 2.0.

Mais Léo n'a pas le temps d'imaginer ce monde nouveau que soudain, par un effet de zoom, la caméra plonge vers la Terre. Les continents puis les pays se dessinent, les mégapoles surgissent çà et là. La caméra s'abîme dans l'une d'elles, se perd dans ses replis de bitume, longe un entrelacs de caniveaux charriant des flots de détritus vers les égouts, pénètre dans le labyrinthe de leurs entrailles de plomb rouillées, visqueuses, qui déversent à jet continu un amalgame de fanges et d'excréments dans les eaux d'un fleuve boueux, corrompu de métaux lourds, bordé de décharges industrielles, de bourbiers d'ordures, de rivages d'immondices où des tonneaux jaunes de déchets radioactifs baignent dans une diarrhée d'huile de vidange mêlée d'acide de batterie, jusqu'à son embouchure dans une bouillie de plastiques où croupissent des cadavres de poissons qui vont s'échouer sur des plages mortes.

Quittant la chambre obscure, Léo, à sa fenêtre, regarde le ciel constellé d'étoiles et prie pour que Frédéric et Aksana aient trouvé la leur.

*

Le livreur du supermarché du coin a laissé les cartons sur le palier, selon la procédure habituelle. Dans la cuisine Léo picore une salade en observant, six étages plus bas, les passants aller et venir sur le boulevard. À les voir d'en haut sans plus les côtoyer, il a parfois l'impression de régner sur eux. Il est même tenté de les figer, en mode pause. Certains soirs il y parvient. Le mendiant lit un livre sur les marches de la bouche de métro. Le restaurant vietnamien « Minh Duc » annonce sur son ardoise un bœuf Loc-lak à douze euros. Une affichette « bail à céder » a été collée sur la vitrine du magasin de luminaires qui hier encore brillait de tous ses feux. La librairie « Le passage des globes », spécialisée dans les cartes, guides et récits de voyage, est encore ouverte à vingt et une heures ; sans doute est-elle tenue par un excentrique n'ayant aucune régularité dans ses horaires comme le nomade qu'il a peut-être été avant de s'établir ici. À l'angle, un cabinet d'architecture jouxte une agence de travail par intérim où sont affichées des annonces consultées tout le jour durant, et parfois la nuit. Les réverbères déjà allumés présagent l'automne. Depuis qu'il a suspendu le cours de sa vie ici, Léo se tient aussi peu informé de l'état du monde qu'un ermite sur une île déserte. L'observation minutieuse de son tronçon de boulevard lui suffit. À la manière de celui qui, plutôt que de se fier au bulletin météo, se penche à la fenêtre pour savoir le temps qu'il fait.

*

Florence, Italie, en l'an 1504.

Deux hommes se croisent sur la place de la Seigneurie. Plutôt que de se saluer, ils s'ignorent.

L'un, la cinquantaine, cheveux bouclés, longue barbe, est richement vêtu d'un pourpoint brodé. Quand des passants le reconnaissent, il leur répond d'un franc sourire. L'autre, plus jeune, mal fagoté, un nez cassé qui fait saillir une bosse, n'est reconnu par personne, et quand bien même, nul n'oserait approcher un individu aussi sombre, prêt à mordre à la moindre contrariété.

Tous deux se rendent au Palazzo Vecchio où siège le gouvernement. On a confié à chacun d'eux la réalisation d'une fresque de vingt mètres sur huit, dans la salle du Grand Conseil, représentant deux batailles célèbres de l'histoire florentine. Mais la vraie bataille se joue entre eux, Léonard de Vinci et Michel-Ange, qui se méprisent en public et s'admirent en secret.

Pendant que Michel-Ange se jette dans le travail avec ferveur, multipliant les esquisses et les crayonnés, Léonard prend son temps, essaie de nouveaux pigments et se laisse volontiers distraire par les visites, dont celle d'un jeune disciple venu tout exprès de Pérouse pour voir son maître à pied d'œuvre.

— Raffaello ! Dans mes bras !

42

Léonard explique à Raphaël comment il compte exécuter cette Bataille d'Anghiari grâce à un tout nouveau procédé à l'huile. Il parle assez fort pour agacer Michel-Ange que personne ne vient visiter, et qui, lui, va peindre sa Bataille de Cascina *a fresco*, selon la méthode traditionnelle.

Le lendemain, une fâcheuse surprise attend Léonard. Tout son travail de la veille ruisselle au sol. De rage, il renverse un échafaudage. Michel-Ange jubile.

Une bataille gagnée. Mais la guerre est loin d'être terminée.

Le temps de laisser refroidir le projecteur après une nuit d'utilisation, Léo, côté cuisine, se passe de l'eau sur le visage. Le miroir du lavabo est recouvert de papier journal afin qu'il évite de croiser son reflet, y compris quand il se rase. Quelques plis ont été glissés sous la porte par la gardienne mais il les y laisse. Le monde extérieur attendra, ainsi que les cent mille conflits armés qui ont lieu à cet instant même, invasions militaires, affrontements terrestres, frappes stratégiques, guérillas urbaines, attaques chimiques, révolutions et émeutes ; la seule guerre dont il veut connaître l'issue est celle que se livrent au XVIe siècle deux illuminés qui, en servant Dieu, l'ont défié par l'arrogance et la démesure de leur talent.

Il enchaîne les derniers épisodes de la dernière saison de RENAISSANCE, jusqu'à son épilogue, où Michel-Ange meurt à quatre-vingt-neuf ans, marteau et burin en main, au pied d'une sculpture.

Son antagonisme avec Léonard, symbolique et inavoué, se sera reflété dans tous les aspects de leur vie. Mû par sa curiosité scientifique, Léonard crée des machines volantes et des machines de guerre, pendant que Michel-Ange répond aux commandes de l'Église. Tous deux transgressent la loi en disséquant le corps humain, Léonard pour en connaître le fonctionnement, Michel-Ange pour le sublimer en peinture. Tous deux éprouvent une attirance pour les jeunes hommes, assumée chez Léonard au risque du bûcher, refoulée chez Michel-Ange, religieux fervent. Il faut quatre ans à Léonard pour représenter un seul personnage, la Joconde, quand Michel-Ange en peint cinq cents dans la Chapelle Sixtine. Or ce qui les oppose n'est rien au regard de ce qui les lie, un insatiable besoin de surpassement, une prédisposition à voir bien plus loin qu'eux-mêmes, une aptitude à discerner la beauté dans le savoir et le savoir dans la beauté. Quand le générique de fin se déroule, Léo entend différemment le titre, RENAISSANCE. Il ne s'agit plus d'une ère nouvelle qui s'ouvre à la civilisation après l'obscurantisme du Moyen Âge, mais d'une vraie renaissance physique et spirituelle de l'humain, à la fois par l'entremise d'un Léonard qui s'octroie le droit à la connaissance et s'autorise à vivre selon sa propre morale, et par celle d'un Michel-Ange qui célèbre le corps, jusqu'alors honteux et contraint, et le libère enfin.

Écran blanc. Les deux génies ne viendront plus hanter sa chambre obscure. Léo ne peut se résoudre à les laisser partir comme ça et tient à choisir lui-même l'image qu'il gardera des maîtres florentins. Par le défilement rapide, il remonte dans le temps et retrouve la scène où Michel-Ange quitte la Sixtine après dix-huit heures de travail pour prendre un peu de repos. Dans la rue, sa démarche est grotesque, inquiétante, il avance arc-bouté, la tête en arrière, les yeux au ciel, car à force de peindre un plafond sa nuque reste bloquée. Sa barbe et sa tunique sont recouvertes de taches de peintures multicolores qui ont goutté sur lui tout le jour durant. Ceux qui croisent ce diable bariolé et difforme se signent ou se moquent. Léo quitte là Michel-Ange, misérable, halluciné, sublime.

Puis il retrouve ce petit matin d'octobre où Léonard, âgé de soixante-quatre ans, traverse les Alpes à dos de mulet pour rejoindre le roi de France qui lui voue une admiration sans limites. En remerciement, il a pris soin d'emporter sa *Mona Lisa* dans une sacoche qui bringuebale à sa selle. Trois ans plus tard, on le voit mourir, la plume à la main, en écrivant les mots : *Je continuerai*.

Léo ferme les yeux et se laisse happer par ses propres rêves de démesure.

*

La série la plus troublante est celle dont il est l'auteur, le personnage principal et le seul spectateur. Il passe de la terreur à l'extase, affronte des menaces sourdes, convoque l'enfant en lui, obéit à des injonctions absurdes, fuit la mort en permanence. Les escaliers se dérobent, les trottoirs fondent, les ascenseurs chutent, les ciels se couvrent, les objets se révoltent, les issues se bloquent. Ici les sentiments humains n'ont pas cours, d'autres sont à l'œuvre, tous dérivés d'une solitude extrême, jusqu'à l'épouvante, car Léo ne croise que des ennemis, accusateurs, rivaux, détracteurs, poursuivants, persécuteurs. Même les êtres les plus chers s'esquivent au moment où il a le plus besoin d'eux – sans doute ont-ils trop à faire avec leurs propres cauchemars. C'est seul et sans soutien qu'il affronte des situations qui cherchent encore leur dénouement. Le voilà contraint de réunir d'urgence 47 500 € dont il n'a pas le premier sou. Ses créanciers sont évidemment menaçants, mais le détail préoccupant est la précision de la somme : 47 500 €. Quelle infamie a-t-il commise pour devoir payer ce prix-là ? Puis il se fait accoster par une prostituée qui exerce encore à l'âge où l'on choie ses petits-enfants. Il s'offusque : *Pourquoi moi ?* Est-il déjà si décrépit que seule cette vieillarde voudrait de lui ?

Il se réveille, épuisé d'avoir assisté d'aussi près à sa dramaturgie intime.

*

Outre cette impression physique d'être parmi eux durant les séances, Léo partage avec les alcooliques non-repentis de Philadelphie le goût de la clandestinité. L'immensité et la dangerosité des lieux, dont le dôme risque de s'effondrer à tout moment, font résonner la parole de chacun. S'étant immiscé dans leurs réunions bien après le début de la série, il a dû remonter dans les saisons précédentes pour comprendre comment chacun de ceux qui forment désormais le noyau dur a débarqué ici après s'être rendu indésirable dans d'autres groupes de parole. Carmen a découragé tous ses parrains en ne respectant aucune étape du long parcours de la rédemption. Bill, incapable de volonté, arrivait saoul aux séances. Maureen, refusant obstinément de prendre la parole, s'est vu reprocher son manque total de confiance envers les autres. À l'inverse, cette pipelette de Jack a fini par lasser ses camarades à cause de ses saillies aussi intempestives que sarcastiques. Mr Melnick a menti tant il craignait de dire sa vérité, et Miss Owen s'est fait gruger par des associations qui lui ont fourgué des thérapies à des fins lucratives. En ce début de saison 3, les membres fondateurs s'étant déjà tout dit, chaque début de séance obéit à une routine ; Mr Melnick va vouloir jouer les modérateurs, Maureen va avouer s'être réveillée dans une cellule de dégrisement, Carmen ou Bill vont la traiter d'idiote, et Jack va citer des célébrités, Ernest Hemingway ou Robert Mitchum, pour donner à ses propres beuveries un peu d'emphase. Or tous attendent qu'un nouveau venu leur livre un témoignage si possible choquant, une confession inavouable, un couplet subversif, un laïus dépravé, un récit délirant, un outrage à la bien-pensance. Récemment, ils ont vu défiler celui qui, en buvant, compte bien augmenter son espérance de vie, celui qui a connu l'incandescence et refuse de retourner dans l'ombre, et celui qui trinque avec le diable pour se consoler de l'absence de Dieu. Ce soir, ils n'ont pas à patienter longtemps.

— Toute ma vie, j'ai traversé dans les clous…

Jonathan est abstinent depuis toujours. Hier il était marié, deux enfants, une maison à crédit, des barbecues entre voisins. Jusqu'au jour où la compagnie d'assurances qui l'emploie le licencie pour une faute grave qu'il n'a jamais commise. Il perd son procès et découvre trop tard que son avocat a été soudoyé par la partie adverse. À la toute première épreuve à surmonter ensemble, sa femme le quitte et ses enfants le traitent de loser. Alors un soir il entre dans un bar pour la première fois de sa vie, prêt à endosser pour de bon cette image de perdant-né que tous lui renvoient.

Il raconte ses malheurs à un barman qui, comme ceux d'antan, a appris à écouter les clients en perdition. Erwan, le docteur ès cocktails, lui prescrit de quoi soigner son mal.

— Ce qu'il vous faut c'est un *cosy-corner*. Inutile de le chercher parmi les classiques, c'est moi qui l'ai créé.

Au premier *cosy-corner*, Jonathan sent qu'une petite lumière intérieure s'allume. Au troisième, tout devient clair : il est temps de se réveiller de quarante-deux ans de léthargie. Les récents drames de sa petite vie ne sont-ils pas en fait une chance inespérée ? Ses chefs l'ont délivré de ce job pourri où il s'est ingénié pendant vingt ans à ne pas payer aux victimes de préjudices les indemnisations auxquelles elles avaient droit. Et sa chère femme a débarrassé le plancher d'elle-même ! Qui sait, sans ce coup du sort, si Jonathan se serait rendu compte qu'il s'était lié à un être lamentable. La providence, quoi.

Une heure plus tard, il descend de sa voiture en voyant son fumier d'avocat sortir ses poubelles. Jonathan le laisse en sang sur le trottoir et lui promet de le tuer s'il se plaint à qui que ce soit. L'un n'a rien à perdre, l'autre tout.

À l'aurore, Jonathan est adossé à sa voiture, près d'un centre commercial. Il remet sa veste pour cacher des taches de sang sur sa chemise blanche. À cet instant précis, il est magnifique, tout chiffonné, le visage épuisé et radieux. C'est un nouveau jour qui commence. Il repère la silhouette de Nathalie, qui n'a pas changé depuis les années de collège. Elle ne le reconnaît pas. Il lui raconte qu'un jour ils se sont retrouvés seuls dans le gymnase, désignés tous deux par le prof pour y chercher la malle de maillots. Et là, elle lui a souri, et Jonathan aurait dû lui prendre la main mais il n'a pas osé. Pas un jour ne s'est écoulé depuis sans qu'il regrette ce geste qu'il n'a pas fait.

— Tu aurais peut-être dû, dit-elle, amusée, malgré toute l'étrangeté de cette apparition.

Léo se souvient d'avoir été, dans sa vie antérieure, un brave type qui obéissait aux lois, au sens commun, à l'ordre des choses.

— Si je suis venu ici aujourd'hui, conclut Jonathan, c'est pour que l'un de vous, qui avez tant souffert à cause de l'alcool, me donne une bonne raison de cesser de boire.

C'est mal connaître ceux du dôme que de leur demander une leçon de sobriété. En revanche deux questions fusent : où travaille ce barman et que met-il dans son putain de *cosy-corner* ?!

*

Quand l'envie lui prend, il s'invite dans des mondes parallèles, des planètes perdues, des boucles temporelles, des fantasmagories, comme dans WALHALLA ou JELLYFISH. Il s'y sent comme un visiteur, qui reste sur ses gardes, conscient d'être en terre inconnue, mais le besoin d'intrusion est le plus fort. Il a soif d'un ailleurs que sa propre imagination serait impuissante à déployer, avec une préférence pour les univers postapocalyptiques, qui le plongent dans un délicieux questionnement : et si on repartait de zéro ? Les hommes n'ont pas vu le chaos final arriver mais ils l'ont bien cherché. Les lieux n'existent plus, l'idée même de civilisation est à revoir. On a oublié *l'avant*. Les survivants en parlent comme d'une légende noire. Il s'égare dans une nature dévastée par des dieux furieux de l'ingratitude de l'homme. Décombres baroques, ruines comme des carcasses de monstres marins, cités fantômes, vestiges envahis de jungles, architectures englouties. Le futur corrompu a quelque chose de grisant, il lui fait l'effet d'un décrassage mental qui rend caduques les philosophies du monde d'hier.

Les hommes, orphelins de leurs idéaux sans même avoir goûté aux plaisirs de la décadence, survivent comme ils peuvent. Il est grand temps de savoir ce que sera l'après, parce que l'après, c'est ce matin.

Quand il s'est lassé des projections futuristes, le revoilà ici et maintenant, chez ses contemporains. Il n'est plus visiteur mais témoin, capable de compassion ou de ressentiment, comme dans LES INFIDÈLES ou LA RÉPÉTITION. Il rit, pleure, s'indigne ou applaudit, redécouvre l'infini nuancier des émotions humaines, les subtils sentiments oxymores, la modestie arrogante, la bienveillance sélective, l'individualisme assisté, la fantaisie conformiste, l'altruisme pragmatique, l'effacement orgueilleux, l'originalité convenue, la désinvolture généreuse. Il s'étonne de n'avoir pas perdu tout sens de l'altérité. La comédie humaine est une farce bouleversante qui se renouvelle chaque jour.

Et quand il n'est plus ni visiteur ni témoin Léo devient voyeur et ose enfin franchir une ligne rouge, dans WILD SIDE, dans LADY MAÏ-TRAM ou dans L'ARÈNE. Il n'est pas le bienvenu dans ces zones aux confins de sa morale, où tout est transgressif, les mœurs, les pensées, les conduites. S'il est parfois confronté à des scènes qui le choquent autant qu'elles le fascinent, il craint avant tout ce qu'il va y découvrir de lui-même.

*

Quoi de plus dérangeant qu'un personnage qui refuse de se rendre lisible, comme s'il voulait à tout prix préserver son mystère aux yeux du spectateur? À ce jour, Léo n'a pas encore cerné les desseins obscurs et peut-être malsains du héros de HOMELESS RICH, impossible à ranger dans le camp du bien, du mal, ou d'un autre qui resterait à inventer. Le dénommé Rich lui résiste, et c'est sans doute pourquoi Léo ne lui résiste pas.

Wall Street, New York. Le quartier de la finance.

La salle de réunion de la direction générale de la banque d'affaires De Biase, qui dicte sa loi à toutes les places boursières du monde. Richard de Biase préside en bout de table. Son silence glacé, son regard inquisiteur intimident ses cadres comme une poignée de collégiens qui passeraient un oral.

Son penthouse donne sur Central Park. Mobilier en verre et acier, rectiligne, froid, impeccable. Aux murs, des toiles de Bacon et de Rothko. Pas de femme ni d'enfants, mais trois domestiques auxquels Richard donne congé en ce vendredi soir. Car comme tous les vendredis soir il s'apprête, mystérieux rituel, à passer le week-end entièrement seul, nul ne sait où, ce qui alimente bien des rumeurs et les plus pernicieuses – il se rend en jet privé dans une clinique suisse pour une cure de régénération de cellules, il règne sur une secte, il organise des soirées décadentes dans des donjons, il trinque avec ses amis des cartels colombiens, il chasse des espèces protégées en Afrique. La machine à fantasmes a toujours tourné à plein autour d'un personnage aussi puissant, aussi secret, sans compagne connue, sans famille. Aucune photo people, aucune sortie mondaine.

— À lundi monsieur, lui dit son majordome.

— À lundi, Philip.

Sur sa terrasse, un verre de scotch à la main, Richard assiste à la tombée du jour sur New York. Une ville qu'il possède à bien des égards.

À six heures du matin, un mendiant dort sur un banc. Il porte un jean déchiré aux genoux, des godillots sans lacets, des mitaines, un bonnet de laine noir et une vareuse en cuir élimé qui attire la convoitise d'un autre sans-abri, bien plus costaud. Or celui-ci n'a pas le dessus quand la bagarre éclate car le propriétaire de la vareuse compte bien le rester. Il se bat comme on se bat dans la rue, salement, tous les coups sont permis.

Plus tard, dans le quartier irlandais de Brooklyn, l'homme à la vareuse est assis par terre, entre deux pubs où l'on trinque des pintes de brune. À la flûte de Pan, il joue l'air de *Danny Boy* qui serre le cœur de tous les gars du coin. Dans une rue de Little Italy, il joue *Funiculì Funiculà*. Des pièces tombent dans son gobelet en carton.

Avec ce qu'il vient de gagner, il commande un hot dog au chili. Le vendeur, qui l'appelle Rich, ne lésine pas sur les haricots rouges pour bien lui caler l'estomac. Rich se jette sur le hot dog qui, la faim aidant, est un pur délice. Le chariot du vendeur est stationné au pied du gratte-ciel de la

De Biase. Le sans-abri aime faire le test qui consiste à passer ostensiblement devant les vigiles de sa compagnie, qui ne reconnaissent pas leur big boss.

Richard de Biase est-il un parfait cynique, un riche pervers qui tâte de la misère pour de sordides raisons ? N'est-il pas assez haï au sommet de son empire pour vouloir de surcroît inspirer la pitié en mendiant dans un caniveau ? Quelle étrange schizophrénie le pousse à affronter la déchéance et les dangers de la rue ? Rich/Richard fait partie de ces personnages de fiction impensables dans le monde réel et qui pourtant ont été conçus, comme tous les personnages de fiction, pour répondre aux énigmes des agissements humains, leur subtile complexité, leurs décisions irrationnelles, leurs ambitions contradictoires.

*

D'une traite il a vu toute la première saison de OLD SOUL, à la croisée du film animalier, du documentaire historique et du récit initiatique. Au début, le personnage principal est un scarabée qui, au temps des pharaons, s'introduit dans une pyramide. Ce qu'il y découvre de trésors et de connaissances l'élève dans la hiérarchie du vivant, si bien qu'après sa mort il se réincarne en colibri du Chili. Léo a été ce scarabée et ce colibri, mais aussi un rat dans un cirque romain, un saumon du Danube, un cobra royal, un bouvier australien et un orang-outang de Bornéo. Héritier de toutes ces intelligences, peut-être deviendra-t-il un humain, en saison 2.

*

Tout infréquentable qu'il est, l'écrivain Harold Cordell s'est déjà fait une place parmi les fantômes de la chambre obscure. En à peine trois épisodes, on sait tout de son ego monumental et de ses détestations, car quoi qu'il fasse il est insoluble dans la masse, désemparé dans ce monde toujours plus frénétique, déçu par ses contemporains qui ont tué une à une toutes les utopies – lui qui a connu la science-fiction visionnaire, le rock'n'roll subversif et le sexe avant le sida. Léo l'a surpris dans des situations que nul n'est censé connaître d'autrui, même d'un intime. Il l'a vu photographier une famille de mendiants afin de la décrire plus tard, pisser sur la pierre tombale d'un critique littéraire, terroriser des enfants en leur racontant la vraie fin du *Petit chaperon rouge*, se venger de sa banquière en la décrivant comme une mère maquerelle dans une nouvelle. Il est persuadé que la vie a bien moins d'imagination que lui : elle ne le surprend jamais. Il se déclare volontiers « malpensant » tant l'exhibition médiatique des bons sentiments lui est obscène. Lors d'une émission en direct, il est capable de dire à un journaliste : « Pourriez-vous reformuler votre stupide question ? » Et quand il entend parler d'un conflit sanglant dans un pays lointain, une seule urgence le préoccupe : « Suis-je traduit là-bas ? » Or son ex-compagne, Lena, sur son lit de mort, l'a mis au défi, comme un sphinx pose une énigme qu'il sait insoluble, d'écrire une histoire d'amour. En est-il seulement capable, lui dont la seule source d'inspiration est le chaos, individuel ou collectif ? Et du reste, le monde mérite-t-il une énième histoire d'amour, lui qui n'entend pas les messages d'apocalypse qu'Harold lui envoie depuis vingt ans ?

Chapitre 4

Il avait beau avoir vu cent fois *Sur la route de Madison*, il s'identifiait toujours à Meryl Streep et non à Clint Eastwood.

Au téléphone, Harold annonce à son éditeur, Edward Boonekamp, que le manuscrit de *The Fat Dancer of Dresden* est repoussé d'un an ou deux car entre-temps il va écrire une histoire d'amour.

— ... Toi ? Il n'y a jamais de femmes dans les romans d'Harold Cordell !

— Et Mrs Hollie dans *In cauda venenum* ? Et Lil dans *Deleatur* ?

— Question féminité, Mrs Hollie est l'enfant naturelle de Margaret Thatcher et de Jack l'Éventreur. Et quand tu décris les traits délicats de Lil, l'image mentale qui s'impose c'est la tête de Rocky Balboa.

— ...

— Tu es capable de détailler sur six pages les

sensations d'un suicidaire qui s'est jeté du haut de la Tour de Londres. Quand ton héros fait la tournée des bars, le lecteur finit bourré. Tu utilises le hasard comme aucun auteur avant toi, tu nous les fais tous avaler et on en redemande. Mais un personnage de femme crédible, j'ai encore jamais lu ça sous ta plume.

Comment expliquer que ce tout nouveau projet est une promesse à celle qu'Harold a aimée et qui vient de disparaître. C'est un peu l'enfant que Lena et lui n'ont pas eu.

— Je ne le publierai que si je tombe amoureux de ton héroïne. Et si tu ne parviens pas à la créer de toutes pièces, tâche de la rencontrer.

Harold ne sait pas si la suggestion est sincère ou ironique mais le voilà tout troublé. Seule une vraie femme, encore anonyme mais déjà désirante, saura donner à son texte un incontestable accent de vérité. La grande amoureuse de l'ère moderne se tient forcément cachée quelque part ! Une fois la perle rare dénichée et mise en confiance, elle se livrera entièrement : rêves inavoués, espoirs déçus, drames réels, anecdotes sacrées, vues de l'esprit inédites, un trésor. Rendue crédible grâce à divers artifices narratifs, elle deviendra, et à jamais, un personnage de roman. Ensuite, il sera bien temps de la rendre à la vie réelle.

Lui vient alors l'idée d'un casting… Non pas une annonce sur des sites de rencontres mais un véritable casting, comme pour un film. Au troisième millénaire, celui de la vitesse et de la connexion, plus question de laisser faire le hasard. Les outils de communication modernes vont enfin lui prouver leur utilité. Après s'être fait expliquer la marche à suivre, il ouvre des comptes sur les réseaux sociaux pour passer une annonce, qu'il poste à tous les sites littéraires, les blogs, la presse spécialisée : *Écrivain connu cherche héroïne romantique pour son prochain roman. Envoyez courrier motivé à harold@cordell. com.*

Il espère que d'ici quelques jours il obtiendra une ou deux réponses. Or, à peine un quart d'heure après s'être remis au travail, il voit s'inscrire dans un coin de son écran :

281 nouveaux messages en réponse au #cherche-heroine romantique.

Harold ouvre la porte à une candidate, la première d'une longue file d'attente qui descend dans les étages. Toutes tentent d'apporter une réponse plus ou moins convaincante à la question : « Pourquoi avoir répondu à mon annonce ? »

Une blonde fringante, entièrement habillée de contrefaçons, demande combien c'est payé.

Une adolescente mâche un chewing-gum, une mèche rouge au coin de l'œil : *C'est un peu comme « La Grande-Bretagne a du talent », mais pour un bouquin ?*

La soixantaine, maquillée comme une diva, une femme fait état de son CV de « muse ». Elle a servi de modèle à des peintres, elle a été l'inspiratrice d'un dramaturge et, comme un atout sorti de sa manche, elle montre une photo d'elle à côté d'Andy Warhol.

Une brune au regard grave affirme avoir le caractère trempé de Scarlett O'Hara, l'âme passionnée d'Emma Bovary et la noblesse de cœur d'Anna Karenine.

Une femme au bord des larmes supplie Harold de la choisir. Elle a raté sa vie affective comme professionnelle. C'est parce qu'elle a tant à donner, et parce que c'est sa dernière chance, qu'elle sera l'héroïne romantique absolue.

Une mère accompagne sa fille, qui se prend pour une Alice en attente de son Lewis Carroll. Éperdue d'admiration pour son enfant, la mère est des deux la plus romantique.

Un homme se présente. Il précise qu'il aime les femmes et se sent bien dans sa peau d'homme. Cependant, en lisant les classiques, il adhère immédiatement au point de vue féminin, à ses yeux bien plus subtil et plus juste. Dans *Les hauts de Hurlevent*, il ne comprend pas ce que Cathy trouve à ce rustre de Heathcliff. Dans *Docteur Jivago*, il saute les passages où Lara n'apparaît pas. Et il a beau avoir vu cent fois *Sur la route de Madison*, il s'identifie toujours à Meryl Streep et non à Clint Eastwood.

Une brune aux cheveux longs, tatouée dans le cou, se préoccupe de questions pratiques : Harold et elle vont-ils devoir cohabiter ? Si oui, où ? Elle court chaque matin, se nourrit sans gluten, mais à part ça elle est libre 24/7.

La suivante raconte comment un homme s'est suicidé pour elle. Qui d'autre saurait prétendre à l'emploi?

Une trentenaire tient absolument à choisir elle-même la comédienne qui jouera son rôle quand le roman sera adapté au cinéma.

Une ex-mini-miss affirme qu'il est temps pour elle de faire son entrée dans l'âge adulte. Elle hésite entre sex-symbol et héroïne romantique.

Harold la raccompagne à la porte. Dans l'escalier, la file a encore augmenté.

Il pousse un soupir de découragement. Le monde est-il devenu encore plus cynique et désenchanté qu'Harold Cordell?

C'est à cet instant précis qu'il réalise que Lena est morte. À quoi bon partir à la recherche d'une héroïne romantique.

Il ne laisse pas le temps à la détresse de l'envahir que déjà il la transforme en colère, contre Lena et contre lui-même. Quelle perfidie que de prononcer les mots « roman d'amour » et de mourir juste après! Un roman d'amour! Cette folle en parlait comme saisie par une vision, mais ces visions-là ne restent que des promesses, car le plus flamboyant des romans ne saurait jamais rivaliser avec l'éclat de perfection entrevu ce jour-là dans l'œil de Lena. Si Harold se lance dans pareille entreprise, il lui manquera l'essentiel, le cœur d'un homme qui a souffert, qui a donné sans attendre en retour, qui a veillé ses enfants des nuits entières, qui s'est sacrifié pour un idéal, qui a versé des larmes sur le sort des martyrs. Et il se sait le parfait contraire de cet homme-là ! Il va laisser le monde dans l'état où il l'a trouvé, et ses livres n'y changeront rien. L'idée de fouiller en lui-même pour y trouver des sentiments qu'il n'a pas lui est indécente. Il sait décrire les crépuscules, pas les aurores. Un roman d'amour ? Il n'en a plus l'âge, ni l'énergie, ni même le talent.

— Ton hashtag a été retweeté soixante-cinq mille fois ! s'écrie son éditeur, au téléphone. Le *Literary Review* a passé ton appel à candidature en page 1 ! La toile s'affole ! Si tu cherchais le buzz c'est réussi !

— Moi ? Du buzz ?

— Je veux ce roman, Harold.

— Je ne l'écrirai pas. Dans moins de trois mois je te livre *The Fat Dancer of Dresden*.

Edward a beau doubler l'à-valoir, son auteur a déjà raccroché.

Harold s'acquittera de sa dette envers Lena demain, à son enterrement. À l'heure des hommages, nul doute qu'une amie d'enfance lui en voudra « d'être partie sans prévenir », une cousine ajoutera que « Dieu a bien de la chance de l'avoir à ses côtés », quelqu'un citera des vers de Dorothy Parker trouvés en ligne, un frère évoquera la farouche indépendance d'esprit de sa sœur, un autre ses cheese-cakes catastrophiques, et un collègue racontera une anecdote, toute drapée d'un solennel d'usage. Puis viendra le tour d'Harold, l'écrivain, celui que l'on attend au tournant dans cet exercice imposé, celui dont on guette les évocations lyriques et les allégories consolatrices. Et là, une feuille griffonnée à la main, il obtiendra un silence bien différent de tous les précédents, et il emportera la compassion de tous, parce que les oraisons funèbres, ça, il sait faire.

Après ma visite chez eux, j'avais laissé à Gaëlle et Léo le soin de me faire signe. Après des mois de silence, j'apprends par la bande que certain événement les a fait se déchirer aussi soudainement que le coup de foudre les avait embrasés. Aucun des deux ne répondant à mes appels, je dois me contenter de versions parcellaires d'amis communs, la plupart prenant parti pour l'un ou l'autre sans chercher à démêler le vrai du faux. Nul n'étant d'accord sur les faits, il est question entre autres d'une opération de la mâchoire qui aurait mal tourné, d'une invalidité ou d'une incapacité de travail, et d'un procès fait au père de Gaëlle. À la fois vexé d'être mis à l'écart par les intéressés et coupable de les avoir réunis, je m'abstiens d'en savoir plus. Jusqu'à ce que Léo insiste pour me voir. Je l'entends comme une convocation. C'est un appel au secours.

À deux pas de la place de la Nation, je me retrouve dans l'arrière-salle d'un bistrot laissé dans son jus depuis l'après-guerre, un de ces lieux que Léo affectionne pour son cachet, et auquel seule une de ses photos, sépia de préférence, saurait rendre hommage. On y sent la volonté de décourager les touristes et la jeune clientèle pour ne tolérer que de rares habitués venus prendre un canon ou un café au zinc. De fait, je suis le seul client hormis un ivrogne assoupi dans un coin, la tête contre un miroir piqué. Assis sur une banquette crevassée, n'ayant rien en main pour me donner une contenance, je me contente d'observer cet homme comme il m'arrive de le faire pour me rassurer sur les destins auxquels j'ai échappé. Il doit avoir mon âge mais paraît bien plus au vu de sa barbe blanchie au menton, de ce corps avachi et replet qu'on obtient en somnolant entre deux vins. J'en veux à Léo de me contraindre à ce lieu, à cette compagnie, à cette misère morale que je m'efforce habituellement de maintenir à distance. Jusqu'à ce que l'ivrogne m'invite à le rejoindre à sa table.

Non pas en descente d'alcool mais abruti par les anxiolytiques, ce personnage bouffi, lourd et gris, jadis s'était appelé Léo. J'attends en vain que son visage se défroisse après la sieste mais ses traits restent à demi figés, paupière close et bouche tordue, comme un clin d'œil permanent. À intervalles réguliers il porte un mouchoir au coin de son œil droit pour y essuyer une larme naissante. En s'essayant à un sourire de retrouvailles, il ne parvient qu'à rendre son rictus plus hideux encore. J'essaie de donner un nom à son mal, AVC, hémiplégie, traumatisme crânien, j'imagine un accident violent, un coma, une opération en urgence, et je suis presque déçu quand chuintent de sa bouche les mots « dent de sagesse ».

Il se reprend à deux fois pour décrire l'accident en question, tremblant comme s'il le revivait, inconscient de se répéter, émaillant son récit de termes médicaux distordus. Un matin il se plaint à Gaëlle d'une molaire incluse qui se rappelle à lui de temps à autre, *oh, rien de très douloureux*, une gêne au fond de la mâchoire qui disparaît en général au bout d'un jour ou deux. Elle le convainc de s'en débarrasser une fois pour toutes et programme l'intervention dans le cabinet dentaire de son père. « L'extraction, c'est la spécialité de papa. »

Léo se souvient d'un rendez-vous enjoué avec son beau-père, qui s'enthousiasme des préparatifs du mariage, prévu en juin, avec voyage de noces au Viêt Nam. « Léo, si vous êtes sur la photo, qui fera l'album souvenir ? » Quand son patient ressent une vive douleur au moment de l'anesthésie, le docteur Guilloux s'en amuse : son gendre est un grand douillet ! Le lendemain, au réveil, sa paupière droite refuse de se lever, et sa bouche, en plus du gonflement dû à l'extraction, ne réagit plus du côté droit. Son beau-père ne s'explique pas cette paralysie de Bell qui aurait dû s'estomper une heure après la fin de l'anesthésie. Commence alors pour Léo un chemin de croix qui fera de lui, en un an, l'homme prostré devant moi.

Philippe Guilloux l'envoie consulter un stomatologue qui constate une *perte évidente de la motricité de l'hémiface droite* et se contente d'avancer un chiffre se voulant rassurant : dans 75 % des cas similaires, on observe une guérison *ad integrum* dans le mois qui suit. Or le temps passe et aucune amélioration n'est visible. Un neurologue prescrit une série d'examens, dont une IRM et un scanner, qui ne décèlent aucune cause à sa *paralysie faciale périphérique de grade V*. On tente, sans résultat, un traitement à la cortisone et une rééducation. Il se réveille chaque matin avec la gueule d'un type qui la veille a tenu trois rounds contre un poids lourd. Sa seule activité quotidienne consiste désormais à harceler la gent médicale : « Est-ce irréversible ? » La médecine étant incapable de lui fournir une réponse, on le dirige vers un service de psychiatrie. « En psychiatrie ? Pourquoi en psychiatrie ? » On lui répond que, dorénavant, il va falloir « apprendre à vivre avec ».

… Vivre avec ?

Vivre le reste de sa vie avec la gueule tordue ? Sans savoir ce qui s'est réellement passé ? Sans espoir d'évolution ? Vivre avec le regard de l'autre qui se détourne ? Vivre avec un œil perpétuellement en pleurs ? Vivre avec l'angoisse et la honte de ne plus faire de photos, son seul moyen de subsistance à ce jour ? Vivre en s'exprimant avec des mots mal crachés, comme un vieillard édenté ?

Il se raccroche comme un naufragé à Gaëlle, qui l'accompagne à tous ses rendez-vous et lui jure que pour sa part elle saura «vivre avec». Mais Léo veut des réponses. Sur la toile, des internautes établissent des liens possibles entre paralysie faciale et soins dentaires : leur praticien a sans doute piqué dans un vaisseau sanguin, faisant ainsi remonter le liquide anesthésiant par voie vasculaire dans la zone ophtalmique, sans vérifier, en pompant avec la seringue, s'il piquait ou non dans une artère. Léo en conclut que son dentiste a commis la même erreur : sa responsabilité peut être engagée.

«Papa n'y est pour rien!» pleure Gaëlle, choquée par les accusations que son bien-aimé ose porter sur son père. Et plus il cherche du réconfort dans les bras de cette femme qu'il chérit au-delà de tout, plus elle défend de bonne foi l'honneur de son nom : Léo a été victime d'un aléa thérapeutique rarissime qui concerne un cas sur cent mille. C'est épouvantable mais c'est comme ça. Lui ne peut s'en satisfaire. Le doute est là, obsédant. Il contacte un juriste spécialisé dans les contentieux médicaux. En l'apprenant, Gaëlle ce soir-là ne rentre pas. Elle ne rentrera plus.

Gaëlle, le premier être humain à avoir provoqué en lui un ouragan d'émotions et de sensations, lui qui se pensait affectivement invalide, incapable de passion, lui qui aimait avec discernement et se donnait avec prudence. L'ouragan Gaëlle, en partant aussi vite qu'il est survenu, laisse derrière lui un territoire en ruine. Ajoutée au drame de son accident, la douleur de l'absence est telle que Léo avale pêle-mêle antidépresseurs, somnifères, anxiolytiques, et sombre dans une interminable nuit.

Aux médecins qui le sortent du coma, il nie avoir voulu commettre une tentative de suicide ; il a juste voulu se débarrasser de la douleur, disparaître dans un trou d'oubli, il exige même qu'on le renvoie *là-bas* séance tenante. Quand on lui demande le nom d'une personne à prévenir, il n'en donne aucun.

De retour chez lui, le spectre de Gaëlle ressurgit derrière chaque porte. La nuit, comme un invalide ayant perdu un membre, il se rêve entier : Gaëlle est à ses côtés. Au matin il se réveille dans l'effroi, amputé d'elle. Il ne peut ni lui pardonner ni la maudire d'avoir soutenu son père. S'il avait pu convertir sa douleur en haine pure, un brasier intérieur aurait réduit en cendres la dépouille de son amour défunt. Au lieu de quoi elle va pourrir quelque part dans son esprit malade.

Le voilà dans une chambre d'hôtel miteuse dont il ne sort pratiquement plus, la table de chevet recouverte de gélules de toutes sortes. Chaque matin il étudie son reflet dans le miroir mais sa paralysie faciale semble gravée comme un masque. Ses obsessions ne cèdent pas : *Ad integrum... vivre avec... aléa thérapeutique... Ad integrum... vivre avec... aléa thérapeutique... Ad integrum... vivre avec... aléa thérapeutique...*

Un soir, il repense avec nostalgie à ses années nomades. Quand parfois, dans une contrée perdue, allongé sur un grabat, il avait la tentation de se plaindre de l'inconfort, du climat, de la solitude, il chassait ses idées noires en se disant que le lendemain il croiserait un regard, un paysage, un instant gracieux qu'il saurait capturer dans son boîtier. Rien ni personne ne pouvait le détourner de cette conviction-là.

L'affaissement de sa paupière droite lui interdit dorénavant de faire le point avec son œil directeur, son œil magique, celui qui choisit les décors, met les acteurs en scène, fige le temps et décide ainsi de la pérennité d'une image. Mais qu'en est-il de l'autre, l'oublié, l'accessoire ? Est-il trop tard pour le solliciter ? Pour en avoir le cœur net, Léo ressort son appareil photo et se donne une nuit pour se rassurer sur sa *vista*. Lui, son 24 × 36, et Paris, qu'il a tant arpenté, célébré, recréé même. Que serait la Ville Lumière sans ses imagiers, ses illustrateurs, ses iconographes ? Il doit autant à Paris que Paris lui doit.

Commence alors une longue odyssée nocturne, place de la République, Grands Boulevards, place de Clichy, Montmartre. À trois heures du matin, sur les marches du Sacré-Cœur, il n'a toujours rien *vu*. Dans le viseur, les images sont brouillées, le cadre est flou. Au loin, le scintillement de la tour Eiffel dégouline de partout. Ce putain d'œil gauche cherche le focus mais tourne à vide, il ne s'adapte pas à l'obscurité, ne ressent rien, ne découvre rien. *Angoisse de performance*, se dit-il. C'est bien ainsi que les psys désignent la crainte de ne plus y arriver ? Qui sait si en l'éduquant, en le mettant tous les jours au travail, cet œil-là ne prendra pas le relais du défunt champion ? Mais, à force de le contraindre, Léo ressent un point migraineux du côté de la tempe. À moitié aveugle, il erre dans les rues du quartier de l'Odéon. Traverse la place Saint-Sulpice sans la voir. Longe le jardin du Luxembourg qu'il ne reconnaît plus. Soudain il tombe sur des ouvriers qui installent les stands du marché Edgar-Quinet sur fond de tour Montparnasse. Une curieuse géométrie s'organise dans la lumière de l'aube, le mouvement est partout, les hommes, les montants métalliques, les barnums, il faut faire vite. Mais l'œil ne suit pas, ne se fixe sur rien, et déjà les stands sont dressés, les ouvriers s'en vont.

Un peu plus loin, sur le présentoir de cartes postales d'un bar-tabac, il en découvre trois, créditées à son nom. Dans une autre vie, il a été photographe.

Je nous revois, lui et moi, bien des années plus tôt, traverser le pont Alexandre-III ; un touriste tend à Léo son appareil afin qu'il le prenne en photo aux côtés de sa femme. Le couple n'a pas le temps de prendre la pose que le déclic se fait entendre. «Nous n'étions pas prêts!» Ils en réclament une autre mais Léo n'en voit pas la nécessité : c'est dans la boîte. Et de fait, le cliché ne ressemble en rien à celui qu'ils s'attendaient à ramener d'eux, bras dessus bras dessous, la bouche en cœur, avec une pointe de tour Eiffel en fond de champ. Léo a figé l'instant d'avant, quand le regard de l'homme sur sa femme semble dire : *quelle chance j'ai de te connaître*, et qu'elle, radieuse, saisit la main de son mari comme pour l'attirer à elle. Et qu'on se rassure, Paris est partout : la tour Eiffel, une péniche au loin, un pigeon qui fend l'azur. Les amoureux en sont tout troublés. Si un jour ils oublient que jadis ils se sont aimés, cette image le leur rappellera.

Aux heures heureuses, auprès de Gaëlle, Léo s'était imaginé en patriarche chargé des photos de famille. L'arrivée des enfants, leurs premiers pas, les vacances, les mariages. L'arrivée des petits-enfants, leurs premiers pas, les vacances. Et un jour, pourquoi pas celui de ses noces d'or, c'est encore lui qui fait la photo de groupe, femmes assises, hommes debout, les gosses au parterre, trois générations réunies, tous posent avec le sourire requis en attendant que grand-père déclenche le retardateur et vienne s'installer au bras de Mamie Gaëlle. Clic.

On lui donne le nom d'un énième psychothérapeute, qui n'est aucunement préoccupé par sa souffrance mais bien plus par la lecture analytique qu'il fait de son cas – un photographe dont l'œil se ferme, tiens, tiens. Un ponte en neurologie a beau lui dire que sa *ptôse palpébrale* peut encore se résorber, il n'y croit plus. Un temps, la recherche d'un coupable lui permet de ne pas s'effondrer tout à fait. Mais son avocat lui déconseille de se lancer dans un procès coûteux et éprouvant, a fortiori dans son état, l'erreur médicale étant impossible à établir. Un autre avocat le lui confirme. Léo n'obtiendra jamais réparation.

Il frappe à la porte de sa sœur. On déplie un convertible. La ptôse palpébrale fait peur aux petits. À quoi bon avoir cherché refuge chez elle ? Déjà, enfants, ils s'ignoraient. Il aura fallu cette cohabitation glacée pour que tous deux prennent conscience du peu qui les lie. Elle ne cesse de répéter que Léo « doit se reconstruire ». Il entend : « ailleurs de préférence ». Si la situation avait été inverse, peut-être aurait-il agi de la sorte. Il la délivre de sa présence.

Et le voilà devant moi.

Un terrible silence s'est installé.

La colère et l'indignation ne l'habitent plus.

Il a cessé de chercher des réponses dans la médecine et la justice.

Il n'a pas le plus petit désir de se reconstruire.

Bientôt ce sera une épave.

Il le sait.

Je le sais.

Sans doute est-ce à moi de parler.

Je redoute ce qu'il veut entendre.

Je me souviens d'un jeune homme tranquille, bienveillant, dilettante en tout, même en amour, ce qui semblait lui suffire.

Il a fallu qu'il me rencontre.

Il ne me demande pas asile.

Pas avec la voix.

Il est venu pour ça.

Il ne me demande pas asile.

Comme je regrette, Léo.

Il ne me demande pas asile. Il ne me demande pas asile. Il ne me demande pas asile.

Mais comment le lui refuser ?

Léo sait désormais atténuer sa mélancolie quand, au hasard des intrigues amoureuses entrevues dans sa chambre obscure, réapparaît le fantôme de Gaëlle.

Hier, convalescent d'un accident passionnel, il analysait son histoire avec elle en phases pathologiques : perte du sens critique, dépendance affective, obsession, blessure narcissique, dépression, sevrage. Aujourd'hui, en puisant dans les ressorts de la fiction, il est parvenu à faire de Gaëlle Guilloux un simple personnage de série n'ayant duré que deux saisons. Dans la première, celle de la subjugation, les serments nocturnes et les gros plans très crus s'enchaînent. Dans la seconde, celle du déchirement, les griefs se succèdent jusqu'à l'épilogue tragique. Tout le reste a été coupé au montage. Désormais Gaëlle Guilloux, avec ses taches de rousseur, ses cheveux jaune paille, ses jupes courtes aux tons acidulés, ses interjections de souris, n'est ni plus ni moins réelle que la turbulente Maureen ou la Lena d'Harold Cordell.

— Je suis mort.

L'homme n'est pas un habitué du dôme. Il ne précise pas s'il a été alcoolique ou s'il l'est toujours car ça n'a plus guère d'importance. À soixante ans, il a perdu son combat contre la dépression chronique. Il est tombé dix fois, s'est relevé comme il a pu, mais au final il aura passé plus de temps au fond du trou qu'à l'air libre. L'ennemi intérieur, trop puissant, aura toujours le dessus.

Aussi préfère-t-il aujourd'hui se définir comme « mort », car depuis, les obsessions corrosives, les espoirs anéantis et les cogitations morbides n'ont plus de prise sur lui : il est mort. Il n'est plus contraint de réunir de vaines forces pour s'en sortir, il n'a plus honte d'avoir épuisé toute forme de volonté : il est mort. Rater ou non sa vie, la question ne se pose plus, il est mort. De son vivant, il s'interrogeait sur le fardeau de l'existence et le sens qu'on lui donne ; il se voyait tantôt comme un malade, tantôt comme un maudit, les deux ajoutant la culpabilité à la douleur d'être. Aujourd'hui, l'homme mort a lâché prise, il n'a plus mauvaise conscience, il n'a plus peur de mourir : c'est fait.

Bill, Maureen et les autres, y compris Mr Melnick qui n'a plus d'âge, ou Carmen connue pour ses comas éthyliques, ont tous en commun le besoin de rester du côté de la vie malgré les épreuves qu'elle leur inflige. Ils écoutent l'homme mort avec respect et curiosité, l'occasion de prêter l'oreille à un témoignage d'outre-tombe étant bien rare.

— Je suis mort mais, de temps à autre, je me sens comme rappelé dans le monde des vivants.

Au quotidien, qu'il soit au fond de son lit ou dans un transat de jardin, l'homme mort réside dans un au-delà intérieur, un camp retranché de la conscience où enfin il a trouvé l'oubli. Chacun de ceux qui l'écoutent se représente ce *no man's land* mental à sa manière : un caisson d'isolation, une crypte, un cercueil diurne de vampire.

Mais parfois il est soumis, ajoute-t-il, à une épreuve inexpliquée, magique, et rarissime. Au réveil, il perçoit une inhabituelle douceur de l'air qui lui rappelle ses matins d'enfance. Un rayon de lumière parvient jusqu'à son refuge de ténèbres. Une très belle journée s'annonce. Une tentation folle le saisit : pourquoi ne pas la vivre ?

Inutile d'essayer de comprendre pourquoi cette permission lui est accordée ni par qui. Il faut s'empresser d'en profiter car elle ne va pas durer.

— Soudain je suis de retour parmi vous. Et tout y est formidable…

Le voilà qui déambule en ville. Il redécouvre les rues. Les gens. La joie d'être ici et maintenant. Où que ses yeux se posent, il ne voit que grâce. C'est beau un pont, une terrasse de restaurant, un quai de métro vide. C'est beau une vitrine de pâtisserie, un immeuble qu'on démolit, une affiche qui s'efface, un livre abandonné sur un banc, un fanion battu par le vent. Ses sensations physiques sont intenses : c'est bon d'être ébloui par la lumière, de croquer dans une pomme, de se passer de l'eau sur le visage, d'être surpris par une odeur d'herbe fraîche, d'entendre l'orage gronder. Les gestes retrouvés l'enchantent : c'est bon de se raser, d'enfiler un blouson, de hâter le pas pour éviter une voiture, de tenir la porte à une dame, de sourire. Et toute cette humanité qui frémit ! À chaque coin de rue, un éblouissement. C'est réjouissant un promeneur de chiens, c'est palpitant une cour de récréation, c'est attendrissant une femme qui se pense laide, c'est émouvant un couple de vieillards.

— Même vous tous ici, dans ce hangar, vous êtes beaux, avec vos plaies ouvertes et vos cicatrices, vos peaux tannées, vos rides, vos silences. À tel point que le regret me gagne de n'être plus des vôtres.

Les habitués s'épient les uns les autres.

— Mais de peur de raviver les tourments dont la mort m'a délivré, je ne suis nullement tenté d'abuser du cadeau qui m'a été fait. Par chance, c'est précisément à cet instant que mon au-delà me commande de rentrer.

Tous aimeraient retenir l'homme mort, mais chaque minute lui est comptée.

— Si je pars maintenant, j'ai encore le temps d'apercevoir le coucher de soleil sur Boathouse Row.

Léo est troublé par la façon presque sereine qu'a l'homme mort d'exprimer à la fois sa défaite face à la vie et son stratagème pour se dérober à la mélancolie. En ce qui le concerne, l'au-delà s'est imposé de lui-même. Sa chambre obscure. Son laboratoire de l'imaginaire. La porte d'accès à ses vies parallèles. Son vivier à émotions. Son cabinet d'ubiquité.

— Il se peut que je revienne vous visiter un jour, qui sait quand. Mais si je ne reviens pas, ayez parfois une pensée pour l'homme mort.

Il quitte le dôme, laissant les autres sans voix.

Mais vivants.

*

Du sixième étage il est impossible de distinguer le type d'ouvrages que lit le SDF sur les marches de la bouche de métro. Léo imagine qu'il s'agit d'invendus dont « Le passage des globes » se débarrasse par cartons, guides de voyage obsolètes, précis de géographie périmés, romans d'aventures dans lesquels nul n'a souhaité s'embarquer, mémoires d'explorateurs n'ayant rien découvert. Léo se souvient de ces terres lointaines où il séjournait naguère pour alimenter des banques d'images qui, longtemps après qu'il a cessé toute activité photographique, lui rapportent assez pour ne pas vivre lui aussi à la rue. Aujourd'hui il n'est plus très sûr d'être allé beaucoup plus loin que ce voyageur immobile assis près de sa sébile. Au contraire, les images qu'il garde en lui, une fois passé le saisissement de la découverte, ne lui semblent ni plus authentiques ni plus vivaces que celles entrevues dans sa chambre obscure. Dorénavant les deux se confondent dans sa mémoire.

La silhouette du sans-abri lui rappelle celle d'Homeless Rich, le milliardaire mendiant, qui lit, lui aussi, durant ses heures passées à faire la manche. Mais la comparaison s'arrête là. Léo n'a toujours pas percé le mystère qui pousse un des hommes les plus puissants du monde à dormir sur une grille d'aération, recouvert d'un carton. Il n'est ni délirant, ni masochiste, il n'est pas né pauvre et ne cherche pas à se punir de posséder une fortune colossale.

Aujourd'hui il est en immersion dans un container à papier, entre un parking et un immeuble de bureaux. Bien placé pour savoir que désormais les secrets ne se cachent plus dans les coffres mais dans les poubelles, il tombe sur des documents passés au laminoir qui, une fois reconstitués, apporteront la preuve qu'un de ses proches collaborateurs est un traître à la solde d'un concurrent.

Léo y voit peut-être le pourquoi de sa double vie. Richard de Biase ne peut se fier ni à ses associés, ni à ses amis, tous ayant une bonne raison de vouloir sa chute, tous étant prêts à se retourner contre lui si on y met le prix. Pour débusquer les ennemis et déjouer les intrigues, il a créé Rich le vagabond, la métaphore vivante de « l'âme damnée », son exécuteur des basses besognes, impossible à repérer puisqu'il n'est personne, juste une ombre, un affamé de plus qu'on s'empresse d'oublier. De retour parmi les fourbes en col blanc, Richard de Biase est indestructible.

Mais si là était la seule clé du personnage, ses agissements passeraient soudain aux yeux de Léo pour de prévisibles péripéties, et il n'hésiterait pas à partir à la découverte de tant d'autres, prêts à le déstabiliser ou à l'émouvoir. Il est encore trop tôt pour chasser Rich/Richard de la chambre obscure.

*

Les histoires s'enchaînent en vain, devant un Léo assoupi. Lui parviennent des ponctuations musicales et des bouts de dialogues sortis de leur contexte.

« Le professeur Anastacio refuse d'opérer Valérie ! »

« On a retrouvé dans sa poche la liste des courses et c'est pas joli à entendre… »

« J'aime vous voir quitter mon bureau pour au moins deux raisons. » Dans les limbes, Léo n'entend ni l'une ni l'autre de ces raisons.

Dans son demi-sommeil, les scènes qui défilent à l'écran s'immiscent dans ses songes ; un homme dans un restaurant chinois lit le message contenu dans un *fortune cookie* ; un zombie pleure en serrant contre lui un enfant zombie ; un professeur dans un amphi salue ses élèves comme sur une scène de music-hall.

Soudain un timbre de voix au grain légèrement rauque, reconnaissable entre cent, le ramène à la conscience.

Cécile Gagliardi ouvre sa boutique de fleuriste sur la grand-rue de son village. Célibataire, sans enfant, elle s'apprête à passer une journée toute semblable à celle de la veille : des bouquets, une couronne, un déjeuner avec Amélie la buraliste, un cours de jazz dance à dix-huit heures, puis soirée lecture, Dumas, Maupassant, un verre de blanc siroté tout du long ou une camomille. Une existence paisible, à cette différence près que Cécile, frappée par un étrange maléfice dont elle cherche encore la cause, ne vit pas là sa première mais sa seconde vie. La série s'intitule LA RÉPÉTITION.

Née en 1974 dans une vallée des Vosges, elle passe à vingt ans le concours d'entrée de la police nationale et intègre la PJ au 36 Quai des Orfèvres, à Paris. Elle se prend de passion pour un autre flic, Damien Belvaux, surnommé *Belva*, « bête sauvage » en italien, car le bonhomme est aussi cruel en amour que dans l'exercice de ses fonctions. Une petite Juliette naît, qu'elle élève seule. Un soir, lors d'une arrestation qui vire à la fusillade, Cécile reçoit une balle perdue. Avant de s'éteindre, le vers du poète lui revient en mémoire : *Le temps d'apprendre à vivre il est déjà trop tard.*

Or, comme si elle avait été entendue, la voilà qui naît à nouveau. Mêmes parents, même village, même année 1974, comme un compteur remis à zéro. Elle est forcée d'admettre l'inconcevable : sa vie antérieure n'était qu'un brouillon, une répétition générale. Il ne s'agit pas là d'un quelconque mythe de l'Éternel Retour mais d'une deuxième chance dont tout être humain a un jour rêvé. Il n'y en aura pas de troisième.

Dès lors, confrontée à des situations qu'elle a

déjà vécues, elle est sans cesse contrainte de faire des choix. Faut-il retenter ce qu'on a raté la première fois et obéir aux mêmes envies, prendre les mêmes risques, succomber aux mêmes peurs ? Ou tout à l'inverse faut-il s'interdire de revivre ce qui a été vécu ? Recoucher avec Fabien Mihloux au lieu de céder aux avances de Mathieu Kruger, qu'elle avait ignoré à l'époque ? Laisser sa copine Babette se glisser dans son lit comme elle avait tenté de le faire lors d'un voyage scolaire à Florence ? À l'âge adulte, au lieu de reprendre du service dans la police, elle décide de se tenir à l'écart de toute forme de violence, de se préserver des ambitions, des vanités, de la misère morale, de l'infinité de problèmes qui ne sont pas les siens, pour n'exécuter que des gestes gracieux, parler couramment le langage des fleurs, et jouir à l'année du parfum des roses. À quoi bon accomplir quand exister suffit ?

Mais en voyant deux types louches devant sa banque, son instinct de flic, soudain réactivé, parvient à éviter un braquage. On se demande comment une si paisible jeune femme a pu casser le bras d'un type de deux fois son poids. Un autre questionnement l'agite plus encore car elle ne peut imaginer sa seconde vie sans être mère à nouveau, mais aurait-elle dix enfants, aucun ne remplacerait sa Juliette qui lui manque tant.

Grâce à Cécile Gagliardi – qui en sait bien plus sur l'inné et l'acquis que n'importe quel philosophe –, Léo apprend à ne plus maintenir à distance le passé. Il ne le voit plus comme une zone sinistrée dont le seul événement saillant serait l'accident qu'il a subi. Au contraire, il revisite dans la chambre obscure certains enchaînements de sa vie qui recèlent encore une part de mystère.

*

Il n'ose imaginer le scandale que susciterait le cercle des alcooliques de CEUX DU DÔME s'il existait dans la vie réelle. Les tribunaux de la morale publique exigeraient de ses membres, trop dépravés, trop stupides, trop bornés, trop intoxiqués, trop subversifs, trop irresponsables, un repentir. Fort heureusement il n'existe que dans le monde de la fiction, ce qui, pour Léo, le rend paradoxalement plus dangereux puisque sa notoriété, qui aurait dû se limiter aux quartiers nord de Philadelphie, gagne le reste du globe. Ils sont des millions, désormais, à se masser sous le dôme en verre.

— Il y a un dieu pour les ivrognes. Le problème, c'est qu'il ne peut pas être partout.

Une voix inconnue.

Une de celles qui, après s'être fait entendre, retournera à son anonymat.

— Quand je buvais, j'avais la sensation de chausser les bonnes lunettes, celles qui font le point sur l'essentiel et qui laissent le dérisoire dans le flou.

Tous savent ce qu'il veut dire.

À sa femme Angelina, qui lui parlait cancer et cirrhose, Bernardo répondait que ses analyses de sang étaient impeccables. Certes, rétorquait-elle, mais continuer à descendre une bouteille de whisky par jour était une folie. Alors un soir, elle l'a mis en demeure de choisir entre elle et la bouteille.

— Au ton de sa voix j'ai su que sa décision était prise. Quitte à me perdre, elle aurait, sans hésiter, pris les devants.

Comme d'autres ont décrit ici les étapes de leur naufrage alcoolique, Bernardo raconte sa traversée du désert, et du plus aride de tous, celui de l'ennui. Le voilà condamné à ne plus jamais passer les vitesses, à vivre en première jusqu'à la fin de sa vie. Heureusement, tout au long de son chemin de délivrance, le regard bienveillant d'Angelina le récompense de ses efforts et de ses sacrifices. Elle et lui peuvent désormais vieillir au même rythme, sereins et complices.

Jusqu'au jour où Bernardo tombe sur une Angelina prostrée. Une feuille pend au bout de ses doigts.

PLAQUETTES 42 000/MM^3. TRANSAMINASES ASAT 762 U/L. GAMMA G-T 811 U/L

— … *Qu'est-ce qui se passe, Angie ?*

— *J'ai appelé le Dr Graham. C'est une cirrhose. La maladie a atteint un stade irréversible.*

— *Mes dernières analyses étaient impeccables ! Graham avait dit : « J'aimerais avoir le même bilan sanguin que vous ! »*

— *Ce ne sont pas* tes *résultats, chéri. Je suis atteinte de cirrhose biliaire primitive, une maladie auto-immune. J'entre dans les 5 % des cirrhoses non dues à l'alcool.*

Et elle ajoute, pour tenter un humour morbide qui ne lui ressemble pas :

— *Tu me sers un verre ?*

La colère de Bernardo tonne à en faire vibrer le dôme.

— Je l'ai enterrée il y a un mois ! C'est moi qui devrais être dans le trou ! C'était moi que la mort attendait, et comme j'étais trop résistant, elle s'en est prise à une innocente pour maintenir ses comptes à jour ! Parce que aux yeux des toubibs je suis une espèce de surhomme ! J'ai un foie de bébé et pas une boursouflure sur le visage ! Une bouteille de scotch par jour depuis vingt ans, et c'est mon Angie qui y passe ? La santé ? C'est quoi cette connerie, la santé ? La médecine ? C'est quoi cette merde ? Si encore je l'avais perdue dans un accident de voiture, j'aurais accepté sa mort, j'aurais accepté *toutes* les morts, mais pas celle-là nom de Dieu ! Si c'est la vie elle-même qui a voulu me punir d'être un ivrogne, pourquoi l'avoir fait de façon aussi cynique ? C'est le prix à payer pour celui qui a trop longtemps vécu deux passions à la fois ? C'est interdit par le destin ? Ou alors c'est une preuve de l'existence du diable ? Parce que je ne peux pas croire que si un putain de Dieu existe quelque part il soit capable d'une telle cruauté ! Une putain de cirrhose !?

Sans doute ne trouvera-t-il pas ici la raison

d'une pareille ironie du sort mais, pour le moins, un peu d'empathie ?

— Pour venir jusqu'ici nous raconter ça, t'es qu'un putain de provocateur, mec !

— Et un putain de veinard !

— Tu crois pas qu'on aimerait tous avoir ton foie ? Ton cœur ?

— Tes artères !

On veut toucher Bernardo, le super-héros, ça doit porter bonheur. Son métabolisme est aussi exceptionnel que celui de Superman ou de Hulk. L'homme qui défie toutes les lois physiologiques. Une créature mythique pour tous les soiffards de la terre. L'impunité est de ce monde ! Hourra !

Léo, qui a connu la même colère contre la médecine quand elle l'a laissé sans réponse, lui souhaite de réussir un nouveau sevrage, encore plus astreignant que le précédent : se purger de l'idée d'injustice et de fatalité, accepter l'arbitraire, l'absence de morale, et passer à la suite.

*

Il arrive que l'effet hypnotique de l'écran libère les archives cachées de sa mémoire, sous forme d'instantanés et de réminiscences, sans lien apparent avec la situation qui défile sous ses yeux.

Maureen est condamnée pour trouble à l'ordre public ? Léo assomme un chien qui l'a mordu.

Harold assiste à une représentation de *Macbeth* ? Léo, enfant, contemple un couple qui dort enlacé dans l'immeuble d'en face.

Homeless Rich apprivoise un corbeau ? Léo photographie un homme au masque vénitien.

Des connexions crépitent dans son cortex et éclairent des zones d'ombre.

*

Certains personnages de fiction, comme dans le réel, ne sont pas à la hauteur de leurs ambitions. Ceux qui osent se présenter comme « le mal absolu » s'acharnent à le prouver en commettant des atrocités, mais encore faut-il, pour prétendre au titre, apporter la preuve de son inventivité en la matière. Trop de candidats se disqualifient en montrant un reste d'humanité, tel ce tyran poursuivi par sa conscience, ou ce tueur psychopathe ayant lui-même été martyrisé durant l'enfance. Souvent les charlatans le disputent aux plagiaires, et le spectacle qu'ils donnent de leur monstruosité provoque l'ennui. Au troisième millénaire, qui incarne le mal absolu ? L'homme que Dieu redoute et que le Diable admire ? Léo le guette car il ne va plus tarder.

*

Pourquoi le milliardaire mendiant persiste-t-il à se vautrer dans les bas-fonds au lieu de jouir de sa privilégiature ? Qu'il s'ébatte dans la dorure ou dans la fange, il refuse toujours de se livrer, même à un Léo, avec lequel il a pourtant un point commun : tous deux se sont octroyé le droit de disparaître.

Depuis que Richard de Biase s'est débarrassé de son numéro 2, coupable de collusion avec l'ennemi, l'heure est venue de désigner son successeur. Or, le président a déjà fait son choix sans prendre la peine d'en informer sa direction générale :

— Monsieur Hobermann ?

Un homme lève le nez de son ordinateur. Tous les autres, issus de grandes écoles, sont au moins aussi étonnés que lui. Hobermann ? C'est tout juste s'il occupe un strapontin dans la salle des seigneurs. Comment le boss a-t-il pu prendre une décision sans doute désastreuse à moyen terme ?

Léo se souvient de ce visage. Dans un épisode antérieur, pendant qu'un feu s'est déclaré au huitième étage de la De Biase, cadres supérieurs et subalternes se battent comme des brutes pour accéder aux sorties de secours. Cyril Hobermann, lui, vient en aide à un malheureux qu'on a piétiné à terre, à une femme prise de crise de nerfs, à un handicapé dont tout le monde se fiche bien. Depuis les caméras de surveillance, Richard de Biase a vu un homme se révéler en situation, au feu, comme souvent Rich le sans-abri en croise dans le monde d'en bas.

Quand on lui demande s'il est intéressé par le poste, Cyril Hobermann, dépassé, prend un instant de réflexion.

Pendant ces quelques secondes, Richard a le temps d'entrevoir le devenir de Cyril Hobermann.

Il va évidemment accepter, et dès lors sa vie va connaître un bouleversement qu'il n'imagine pas. Un salaire annuel à sept chiffres, les primes et les bonus les plus forts de Wall Street. Il ne se déplacera plus qu'avec chauffeur. Il n'aura plus besoin d'avoir le moindre dollar en poche. Ses enfants vont intégrer Princeton. Sa femme va donner des soirées dignes de Gatsby. Grisé par le pouvoir, il va, certains soirs, s'imaginer tenir le monde dans sa main.

Mais de quel monde s'agit-il? Car bientôt celui de Cyril Hobermann va se réduire à une villa dans les Hamptons, quelques suites dans des palaces, et une boîte aux lettres dans un paradis fiscal. Le dehors ne sera qu'une pure abstraction. Il va décider de l'avenir financier de pays qu'il serait incapable de pointer sur une carte. Il n'aura ni le temps, ni l'envie, ni le besoin de revoir ses amis de toujours. L'homme qui pense au salut des autres avant le sien durant un incendie sera définitivement mort. Toute idée d'altérité, tout souci de nuance va disparaître de ses mécanismes psychologiques pour n'obéir qu'à une seule logique, binaire: est-ce bon, ou non, pour la Compagnie? Puis, après avoir servi comme un chien fidèle son bien-aimé président de Biase, il osera soutenir son regard durant les réunions. Bien vite il remettra en question ses choix stratégiques. Il prêtera l'oreille aux rumeurs. Rêvera de coups d'État. Passera des alliances. Et finira par trahir, lui aussi. C'est écrit. Il ne peut en être autrement. Mais durant ses quelques secondes de réflexion, Cyril Hobermann ne sait encore rien de tout cela.

— C'est un honneur, Monsieur le Président. Je saurai m'en montrer digne et je ne vous décevrai pas, dit-il en posant la main sur son cœur comme s'il prêtait serment.

C'est à se demander si Richard de Biase n'a pas créé Homeless Rich pour éviter de finir comme un Cyril Hobermann.

*

Devant l'écran, il arrive à Léo de s'affranchir de toute analyse logique ou de jugement moral pour atteindre un délicieux état de stupeur. Lâcher prise lui permet d'échapper à la raison, qui a horreur du vide. Et puis, à quel contrôle sa petite mécanique interne prétendrait-elle quand s'imposent à l'image des scènes qui défient l'entendement, des frénésies, des déraillements, des outrances ?

Parfois la stupeur est telle que l'écran, comme une gigantesque bouche de lumière, l'aspire entièrement. Le voilà mêlé à tout un peuple hologramme. Il est des leurs.

*

Il est capable dans la fiction d'adopter le point de vue d'un Viking, d'une juge d'instruction danoise mère de quatre enfants, d'un tortionnaire, d'un adolescent fugueur, ou d'une obstétricienne sud-africaine. Avec Harold Cordell, l'état d'identification atteint son paroxysme, à tel point que Léo semble lié à lui par une sorte de transmission de pensée – *Harold, n'y va pas, tu vois bien que c'est un piège !* Il le devine comme un frère dont on redoute les frasques et à qui l'on pardonne tout. C'est n'avoir rien compris à Harold que de le présenter comme *un écrivain narcissique et misanthrope*, nul n'étant comme lui à l'écoute d'autrui et curieux de ses mœurs. S'il précipite ses contemporains dans les pires affres c'est afin de débusquer ce qui reste d'humanité dans l'humain. Sa complaisance envers lui-même et son refus d'accepter le réel tel qu'il se présente sont le ferment d'une écriture habitée et tumultueuse.

Et pourtant il a capitulé devant le roman que Lena l'avait encouragé à écrire, et rien ne le détournera désormais d'une œuvre qui s'obstine à démontrer, sans son ancien panache, la faillite des civilisations. Il est sur le point de perdre ce qui le différenciait des faiseurs et des paresseux, son besoin de puiser dans sa boîte de Pandore le pire de lui-même, l'impensable et l'inavoué, mais aussi une inexplicable tendresse, euphorique et dépourvue de malice, que son lecteur retrouvait de livre en livre. Épuisé de rancœur, il se contente de faire du Cordell, ce qu'il fera dorénavant de moins en moins bien avant qu'on ne l'oublie tout à fait. Seule Lena, avec son regard aimant, avait su l'anticiper.

Or, si Léo s'est engagé dans LES CHAPITRES DE LA VIE D'HAROLD, c'est pour assister à une résurrection, non au deuil éclatant d'une ambition. Il suffirait d'un rien, un rebondissement, une péripétie, pour délivrer Harold de ses

indignations recuites et de ses ricanements amers.
Il suffirait d'une rencontre pour que le cynique en
lui redevienne un visionnaire. Il suffirait qu'un
hasard lui prouve que l'avenir a bien plus d'imagination qu'Harold Cordell.

Chapitre 9

Quand on naît avec la tête de Jean-Paul
Sartre, il vaut mieux naître aussi avec son
intelligence.

La pluie tombe sur Swordland, un village dans
les Highlands, en Écosse. Quelques maisons cos-
sues dominent le lac Morar d'aspect vif-argent au
milieu d'une nature vert émeraude. Dans l'une
d'elles, Harold travaille à son roman, *The Fat
Dancer of Dresden*.

À l'orée du troisième millénaire, l'humanité
aurait mieux fait d'écouter les cassandres au lieu
d'opter pour l'optimisme béat de ceux qui ne veulent
surtout rien changer à leur mode de vie. Désormais,
la morale est morte, l'espoir et la foi également, leur
désignation elle-même et leurs synonymes ont disparu du néolangage. Harold décrit une scène où un
enfant qui demande : « Papa, c'est quoi la démocratie ? » reçoit une raclée qui lui servira de leçon.

Un coup de sonnette tire Harold de sa concentration.

— Mr Boonekamp n'est pas là ?

Une femme d'une quarantaine d'années, en
imper et chapeau à large bord.

— Il m'a prêté sa maison quelques jours. Je m'appelle Harold.

— Clementine Sangster. En voyant la maison habitée, je pensais qu'il était de passage.

Harold comprend qu'elle est dévorée de curiosité à son égard.

— Je peux lui transmettre un message? Vous ne voulez pas entrer deux minutes?

Elle fait mine d'hésiter, l'air de dire: «J'ai à faire.» Cependant il pleut…

Quand elle ôte son chapeau, Harold découvre une belle rousse aux yeux verts, la mine hautaine, avouant là une délicieuse vulnérabilité. Elle décline d'une moue affectée le thé qu'il lui propose, mais bien vite elle se sent cruche à vouloir à tout prix rester debout pendant qu'il sirote sa tasse dans un fauteuil club. Elle s'assoit et débite son laïus préparé à l'avance.

— Je fais partie du comité organisateur de la kermesse annuelle, qui se termine traditionnellement par une loterie, avec plein de choses à gagner, dont des livres. Mr Boonekamp nous offre toujours quantité d'invendus. Et généralement il se débrouille pour être présent et lever son verre de Glen'Och. C'est dans six semaines.

— Je le lui rappellerai.

Sans interrompre leur conversation, il saisit négligemment un bloc de papier et un crayon. Clementine n'ose pas poser les vraies questions qui motivent sa visite: «Vous êtes qui, vous faites quoi?»

— Vous n'avez pas de chance avec le temps. En général en avril on a de belles journées.

— J'ai une superbe vue sur le lac, c'est le principal. Je travaille en intérieur.

— Et… vous travaillez à quoi ?

Pendant leur échange, le regard d'Harold va et vient entre sa visiteuse et sa page de bloc. Œillades furtives et griffonnages de la pointe du crayon. Clementine sert manifestement de modèle.

— Vous faites mon portrait ?

— Oui.

— Vous êtes dessinateur ?

— Non.

Harold lui montre son esquisse.

Clementine Sangster se pensait rousse de naissance, quand en fait sa carnation de Latine et ses yeux couleur Highlands la rangeaient parmi les brunes versatiles, prêtes à virer à l'auburn dès la première pluie.

Les joues de Clementine rosissent. Il est temps de partir !

La voilà maintenant aux côtés de sa copine Lesley, qui lance une recherche Google : *Harold écrivain Boonekamp*. S'affiche une page Wikipédia.

— C'est lui !

— Cinquante et un ans.

— Il n'y a rien sur sa vie privée ?

— Ah, c'est lui qui a écrit *Paderwsky's Syndrom*.

— Tu l'as lu ?

— Non, mais ça faisait partie des invendus que Boonekamp nous a refilés l'année dernière.

— Sur la photo il a l'air moche. De près, il est comment ?

— Pire. J'espère pour lui que ses bouquins sont lisibles.

— Quand on naît avec la tête de Jean-Paul Sartre, il vaut mieux naître aussi avec son intelligence.

— Oh ! Lis ça !

Lesley pointe un paragraphe où il est question de la petite annonce lancée par l'auteur sur les réseaux sociaux : *Écrivain cherche héroïne romantique.*

— Il est gonflé…

— Tu crois qu'il l'a trouvée, son héroïne ?

— Avant mon départ, il m'a proposé de venir dîner ce soir. J'ai refusé, tu penses. Steven est en séminaire à Édimbourg jusqu'à mercredi. Tu me vois dîner seule chez ce type ?

— Patrick est dans notre maison en Gironde pour les travaux et ne rentre que demain.

Elles échangent un rire de collégiennes qui s'apprêtent à faire une bêtise.

Harold porte une veste en tweed et une cravate écossaise pour recevoir Lesley et Clementine, toutes deux en robe du soir. On parle tartan, haggis et grands lacs. Mais aussi littérature. Enhardie par son second verre, Lesley se souvient.

— J'ai écrit, moi aussi… C'était il y a longtemps… Oh, rien d'exceptionnel… De la poésie…

À l'époque je lisais Walter Scott et Robert Burns...

Clementine s'étonne de l'aplomb de Lesley, qui joue les poétesses pour impressionner l'écrivain ! Elle voudrait passer pour une héroïne romantique qu'elle ne s'y prendrait pas autrement. Pas question de lui laisser le champ libre.

— Moi à cette époque-là je n'écrivais que des lettres d'amour... Il s'appelait Dimitri, un marin rencontré à Glasgow... Sa famille lui a donné l'ordre de rentrer à Kiev... Nous avons échangé une correspondance déchirante...

— Il m'arrive encore d'écrire quelques vers du haut de la falaise !

— J'ai failli mourir de la perte de Dimitri !

Harold retourne en cuisine pour mettre la dernière main à son *stew* à la bière sans rien perdre de leur escarmouche, qu'il se garde bien d'arbitrer. Et même s'il les sait mariées et installées dans leurs habitudes de notables, il ne peut s'empêcher de les voir comme des femmes libres de disposer d'elles-mêmes, touchantes, désirables, grisées par le vin et la soirée qui s'annonce, à laquelle Harold anticipe volontiers une suite : lui, deux Écossaises, une bacchanale déchaînée jusqu'au bout de la nuit, et sans le moindre atome de romantisme.

Il est tard. Le feu de cheminée se meurt. Les trois convives, le whisky à la main, sont de retour dans les fauteuils après avoir dîné. La rivalité des filles est oubliée. L'heure est à la confession.

Ivres, elles avouent la détresse qui les unit toutes deux : l'échec de leurs couples respectifs.

Léo est au moins aussi déçu qu'Harold : *Tu peux dire adieu à ta bacchanale déchaînée…*

Harold comprend mieux pourquoi elles ont accepté son invitation. Après s'être montrées curieuses de « l'écrivain », elles lui réclament son expertise. Il sait écouter, il connaît l'âme féminine, il va disparaître comme il est venu : le confident parfait. Un exercice auquel il se prête parfois, moins par empathie que par curiosité professionnelle. Peut-être n'a-t-il pas tout perdu.

Son mari trompe Clementine dès qu'il le peut. Mais même lorsqu'elle en a eu la preuve, Steven a toujours nié avec un aplomb inouï. Avec les années, elle se sent bien plus humiliée par ses mensonges que par ses coucheries.

— La semaine dernière, en revenant d'un séjour chez ma sœur, j'ai trouvé entre deux coussins de canapé un tee-shirt qui sentait le parfum. Au lieu de le lui mettre sous le nez, je l'ai caché. Il m'aurait débité toute une histoire que, par résignation, j'aurais fini par croire.

Le drame de Lesley est plus insidieux. Patrick ne la trompe pas mais supporte de plus en plus mal l'érosion de leur couple. Sa femme est devenue selon lui si prévisible qu'il prétend pouvoir anticiper tout ce qu'elle dit et fait. Il s'en est tant persuadé qu'il va la quitter. Et elle lui en veut d'avoir trouvé ce prétexte pour se préparer une sortie.

— Il m'a invitée à dîner demain soir au « Velvet

Swan ». S'il a choisi ce restaurant-là, c'est pour m'annoncer quelque chose de grave. Et vous savez pourquoi ce salaud m'invite au restaurant pour m'annoncer quelque chose de grave ? C'est pour éviter de me voir m'effondrer, car dans un endroit public je saurai rester digne. Je sais déjà mot pour mot ce qu'il va dire, car si l'un de nous deux connaît l'autre par cœur, c'est moi ! Je sais quel costume il va choisir avant même qu'il n'ouvre le dressing. Je sais quand son oui veut dire « oui », quand il veut dire « peut-être », quand il veut dire « jamais » ! Au lieu de me lasser, ça me rassure. Je devine mon mari ? Et alors ? C'est cet homme-là que j'ai épousé et c'est cet homme-là que j'aime…

Toutes deux se livrent en confiance. Du reste, les crises qu'elles traversent ne sont-elles pas de celles qui font les œuvres romantiques ? Combien de fois Harold s'est-il entendu dire : « Vous devriez raconter ce qui m'est arrivé dans un roman ! » Ce à quoi il acquiesce poliment en oubliant de préciser que, sans l'alchimie de la fiction, la réalité est soit anecdotique soit invraisemblable.

— L'infinité de phénomènes irrationnels et invisibles qui rapprochent ou séparent deux êtres est un mystère pour eux-mêmes, alors imaginez pour un tiers. De surcroît, en matière de couple, je suis le plus mauvais des interlocuteurs. Je me suis rendu malheureux comme j'ai rendu malheureuse la seule femme qui comptait à mes yeux. Je serais bien incapable aujourd'hui de vous donner un avis, un conseil, ou même de vous rassurer avec un peu de rhétorique littéraire, une ou deux citations, et un fond de whisky.

C'est ce que Léo aime chez Harold, cet aveu d'impuissance face au réel. Selon lui, nul ne peut prétendre être le scénariste de sa propre vie, qui n'est qu'un long continuum de situations qui s'enchaînent d'elles-mêmes, la nature humaine préférant les petits évitements aux grandes confrontations et les compromis aux remises en question. Et, dans le cas de ses invitées, Harold ne voit guère d'issue heureuse. Steven n'estime plus assez Clementine pour lui accorder la sincérité qu'elle réclame. Quant à Lesley, elle restera à jamais cette adolescente qui griffonne ses poèmes au bord d'une falaise, trop faible pour affronter le regard de son mari qui lui reproche le désamour qu'il ressent.

Ce n'est pas l'épisode que Léo attendait, car rien ce soir ne viendra contredire la tournure calamiteuse que prend la vie d'Harold Cordell. Mais peut-être a-t-il l'occasion là de prouver que les conteurs servent parfois à quelque chose.

Fais un geste, Harold. Elles sont venues pour ça.

Non, il n'y aura pas d'issue heureuse pour Lesley et Clementine. Il en va toujours ainsi quand on laisse la vie écrire les épilogues, se dit Harold.

À moins de les écrire à sa place...

Car sitôt qu'Harold entre dans sa logique romanesque, chaque situation devient soudain exploitable et demande à être prolongée au gré de son imagination. Dès lors, tous les retournements sont possibles.

— Dans ce monde-ci je ne peux rien pour vous. Mais dans un monde de fiction, si je devais raconter les mésaventures affectives d'un personnage qui s'appellerait Clementine Sangster ou Lesley McKinnon, voilà ce que j'écrirais…

— …?

— Clementine Sangster est en possession d'une preuve manifeste de l'infidélité de son mari : un tee-shirt qui sent le Guerlain et la fornication. Quand elle le lui brandit au visage, il tente de lui fourguer son habituel baratin – « Qu'est-ce que tu vas chercher, je vais tout t'expliquer, tu es ridicule » –, mais cette fois elle le coupe d'emblée car la tromperie n'est plus le problème. Clementine ne se montre pas dévastée mais curieusement soulagée, car il s'agit d'un parfum d'homme. C'est même le parfum d'homme le plus vendu au Royaume-Uni, affirme-t-elle, un footballeur de Manchester en fait la publicité et le prince Harry ne porte que celui-là.

— …?

— Quantité de détails s'expliquent tout à coup. L'engouement de Steven pour le théâtre de Tennessee Williams et les albums de Barbra Streisand, son goût pour la manucure, ses week-ends entre mecs dans le chalet de Peter, tant de petits faits anodins qui prennent un éclairage différent vus à travers ce nouveau prisme. S'il avait eu une maîtresse, Clementine s'en serait peut-être accommodée, mais vivre dans le déni est au-dessus de ses forces.

— …

— Steven est terrassé. Plus il nie, plus il s'enlise. Clementine se montre compréhensive, affectueuse, mais catégorique : elle peut encore rencontrer un homme qui l'aimera comme on aime une femme. Et lui peut rencontrer un type bien, comme le vendeur de la boutique bio qui lui fait de l'œil depuis des années. Steven supplie Clementine de le croire : il n'aime que les femmes ! Depuis toujours ! D'ailleurs il a une collection de maîtresses ! Ce tee-shirt appartient à une Amy qui n'a aucune importance ! Pas plus que les autres ! Seule sa femme compte à ses yeux ! Et séance tenante il le lui prouve, dans leur lit, avec une ardeur laissée en sommeil depuis trop longtemps.

— …

— Le personnage de Lesley McKinnon est bien différent. Elle aimerait convaincre son mari que, des deux, après trente ans de mariage, c'est lui le plus lisible, mais le lui dire de vive voix est au-dessus de ses forces. Alors, au « Velvet Swan », après l'avoir patiemment écouté, elle sort de son sac une lettre écrite dans l'après-midi, qui commence par : « Ce soir, chéri, tu portes ta cravate mauve. »

— … ?

— Le déroulement du dîner qui vient de s'écouler y est consigné : le plat qu'il a commandé, son topo sur les mérites comparés des saumons écossais et islandais, le montant du pourboire. Mais surtout, y est reproduit à quelques mots près le laïus de rupture que son mari vient de lui assener, « Tu es restée la même, mais sans doute trop…

blabla… Il m'en coûte de devoir être si cruel… blabla… C'est aussi pour ton bien… blabla… ». Et je termine là mon chapitre pour laisser à mon lecteur le loisir d'imaginer lui-même le retour à la maison des époux McKinnon.

Joignant le geste à la parole, il raccompagne ses invitées, hébétées, à la porte, puis se sert une dernière rasade de pur malt avant de se coucher.

Enveloppé de brume, Harold, dans un ciré vert, se promène autour du lac, quand son téléphone sonne.

— Ta baraque est un rêve, Edward. Je suis au bord de l'eau, espérant voir surgir un Nessie local.

— Si je te l'ai prêtée c'est pour que tu termines *The Fat Dancer of Dresden*.

— C'est fait. Je rentre ce soir. J'ai une commission de la part de Clementine Sangster, une histoire de bouquins pour sa kermesse.

— Ah ! tu as fait la connaissance de la belle rouquine !

— De sa copine Lesley aussi.

— Attention, Harold… Prière de laisser le voisinage dans l'état où tu l'as trouvé.

— Je passe te déposer le manuscrit demain.

C'est l'heure du départ. Le taxi d'Harold quitte la rue principale de Swordland où, dans une maison résidentielle, un homme, paniqué, est en train de sentir à plein nez un tee-shirt. À deux pas de là, dans un restaurant, un autre vérifie la couleur de sa cravate.

Au début j'imagine que ma cohabitation avec Léo aura le charme du retour à l'adolescence, avec ses discussions exaltées et tardives, son foutoir ambiant et ses pizzas dévorées à même le carton. À le voir prendre possession de mon canapé sans ôter son anorak, sans prononcer un mot, il ne m'apparaît plus comme un ami traversant une passe difficile mais comme un grabataire dont j'ai désormais la charge. Et plus je tente de jouer le joyeux camarade de chambrée, moins je le vois fournir d'efforts en ma présence ni réagir à mes attentions d'hôte.

Chaque matin, je redoute de le retrouver assommé par les somnifères, ou ivre, ou même pendu. Le plus souvent il gît sur le canapé les yeux ouverts, écrasé par lui-même, dialoguant avec l'ombre. Il quitte un instant son inertie pour me saluer de la main comme si j'étais, et non lui, un fantôme qu'on préférerait voir hanter d'autres lieux. Les premiers temps je m'efforce de préparer des plats plus équilibrés que les cochonneries qu'il ingurgite depuis des mois mais, son estomac ne supportant qu'une nourriture sans goût et sans odeur, il retient un haut-le-cœur devant les assiettes que je pose devant lui. Au bureau je découvre l'angoisse d'un père qui sait son enfant sans surveillance et hâte son retour ; il lui arrive de m'accueillir avec bonne humeur, sans doute sous l'effet d'un antidépresseur, et ces soirs-là nous faisons semblant de passer un bon moment, une bière à la main, du jazz en fond sonore ; mais bien vite il soliloque sans plus me prendre à témoin, il ricane et geint, puis se tait soudain, me laissant en proie à un silence morti-fère. Je me tourne alors vers la télévision qui nous exonère de tout bavardage et, le temps d'un docu-mentaire animalier ou d'un magazine d'informa-tions, Léo retrouve le calme de l'enfant hypnotisé par l'écran ; en fait de calme il s'agit de concentra-tion, comme si son cerveau avait désormais besoin de deux fois plus de temps pour prendre conscience de ce que son seul œil ouvert discerne. J'entends de façon presque audible ses débats avec lui-même quand passent les images d'un chef d'État, d'une catastrophe naturelle, d'une publicité pour un déodorant, car tout le ramène à l'injustice qu'il a subie, que rien ni personne ne soulage, moi y compris. Bien vite je prends l'habi-tude de m'installer à sa gauche afin de ne voir que son bon profil, celui du Léo d'avant, mais même celui-là semble gagné par une gangrène mentale.

*

Il est établi qu'un corps humain ne peut subir deux douleurs physiques à la fois, la plus forte s'impose. Il en va sans doute ainsi des douleurs morales. Mais chez Léo, comment savoir laquelle des trois l'a emporté? La paralysie faciale? Le chagrin d'amour? Ou encore la perte irréversible de son seul talent? Quand je cherche avec lui ses priorités, il s'attache à détruire un à un mes arguments; aussi, pour ne pas laisser ses invectives nous dresser l'un contre l'autre, je m'arrache de la bouche d'impuissants *Oui, Léo... Oui, c'est injuste*, en attendant qu'une de ses pilules fasse effet.

Comment dire à un être brisé que «le temps guérit toutes les blessures»? Comment se parer de sagesse face à un homme qui se noie? Comment oser relativiser le malheur d'un ami? Qui suis-je pour incarner la voix de la raison quand des experts en dépression ont échoué? Et quand bien même le pourrais-je, Léo abomine tout individu qui ose prononcer des paroles de réconfort; les mots *rémission* et *résilience* sont des insultes, ceux qui les disent de bonnes âmes condescendantes, leur prétendue empathie une tartufferie qui soigne leur conscience. Car ce qui fait tourner le monde, le monde selon Léo, n'est ni l'humanisme, ni l'égalité, ni la fraternité, mais le malheur de l'autre. Sans le mendiant et le malade, le monde serait à feu et à sang.

*

Bientôt la télévision l'absorbe tout entier. Dans un premier temps je m'en réjouis, persuadé que l'effet émollient du robinet à images le soulage de ses ressassements. J'ai tort. Plus qu'il ne regarde, il observe les chaînes d'informations en continu de la même façon que des toiles abstraites. Il ne s'épargne aucune publicité et recherche la pire émission de divertissement comme pour se rassurer sur l'ineptie généralisée, l'indignité rayonnante : oui, le monde est bien tel qu'il le vomit désormais. Les héros étant morts, seuls font rêver dorénavant les créateurs de technologie, les escrocs milliardaires, les stars du porno, les tueurs en série et les candidats de téléréalité. Il tient à m'alerter du danger de posséder une télévision, détenue par des professionnels de l'angoisse qui fourguent leur marchandise, car quand on prend la peine de la regarder avec minutie, on identifie sans difficulté les mécanismes menaçants qui sont à l'œuvre, à peine masqués par des rires en boîte et des jingles criards. Son unique message est celui des Romains de l'Antiquité qui met en garde contre toute vanité humaine : *N'oublie pas que tu vas mourir.* Ta fin approche, cher téléspectateur, le compte à rebours est enclenché, tu vas mourir à cause d'un virus inédit, emporté par un séisme, pulvérisé par un terroriste, assassiné par le voisin que jusque-là tu trouvais si sympathique, empoisonné par des lasagnes industrielles, infecté par des murs toxiques, égorgé par un envahisseur, irradié par le Wi-Fi, l'hypothèse la plus probable étant l'accident ménager, palme de l'hécatombe : tu mourras bêtement, dans ta cuisine ou devant ta télé, les espaces les plus dangereux au monde. Fort heureusement nous avons les moyens de te prémunir de toutes ces morts, ne zappe pas et prépare ta carte bancaire, nous revenons après une page de publicité. Léo, lui, est imperméable à la menace de mort, il l'est déjà à demi, amputé du seul être qu'il aimait, incapable de s'exprimer sans crachoter, et dépossédé d'une passion qui le nourrissait jusquelà. La télévision ne peut plus rien contre lui. « C'est pour vous autres que j'ai peur. »

*

Un sur cent mille.

Le nombre qui rend fou. Léo le retourne dans tous les sens. Quand le sort vous désigne au milieu de cent mille autres comment ne pas se prendre pour une sorte d'élu inversé? Le voilà infinitésimalement exceptionnel. Ce un sur cent mille le rend minuscule, pas plus gros qu'une microbulle d'air, comme celle qui lui est remontée dans l'œil. Quel est ce monde où tout vous est donné et tout vous est repris à cause d'une microbulle d'air? Au regard du préjudice, la poisse n'est pas une explication suffisante. Il doit y en avoir une autre, sinon comment ne pas devenir fou?

*

Un jour, devant l'écran, je le sens attentif à un instant gracieux : une forêt de roseaux qui borde un lac, des amants en kimonos. Je reconnais *Les contes de la lune vague après la pluie*, un film de Mizoguchi qui se situe dans le Japon du XVIe siècle. Attendri par les images, je m'assois dans un fauteuil, prêt à partager avec lui une parenthèse apaisée.

Soudain il la rompt d'un coup de télécommande, envoie balader le décor et coupe la chique aux personnages pour nous précipiter dans un jeu où des candidats s'accrochent à des balanciers géants pour ne pas tomber dans un bassin.

Dans son geste radical j'entends : *Un chef-d'œuvre ? Et alors ?* Trop d'intentions esthétiques, trop de cérébralité, trop de tradition, trop de gravité, trop de Japon, trop de féodal, trop de Japon féodal, trop de culture, trop de mœurs impénétrables à nos yeux de pauvres Occidentaux, trop de respect, trop de kimonos, trop d'*arigatô* et de *nan deska*, trop de cinéma, trop d'art, trop de noir et blanc, *allez donc vous faire foutre.*

Et moi je ne cherche plus à sauver ce qui reste de discernement en lui. Est-il encore capable d'émerveillement à tant remâcher son malheur ? *Regarde à nouveau vers le haut, Léo, d'autres ont montré ce que nous ne voyons pas, comme toi hier encore, arpenteur de Paris, cueilleur d'instants.*

*

Un dimanche, l'œil ouvert dès sept heures malgré une fatigue anxieuse, je traverse sur la pointe des pieds le salon où Léo dort devant un reportage sur la truite d'élevage. Je me rue dehors, libéré de mon geôlier. Or il est partout : dans un musée, à la terrasse d'un bistrot, au bord de la pièce d'eau d'un parc, entre les lignes de mon livre. De retour en cellule, je suis attendu par un Léo tout à fait réveillé ; il dit avoir envie de tarte aux abricots. Quand je lui demande pourquoi à l'abricot, persuadé qu'il n'y a aucun risque à poursuivre une si anodine conversation, il dit avoir fait un rêve étrange où cette tarte semblait irrésistible.

— Je prenais l'air sur un balcon, dans un appartement très en hauteur. Dans l'immeuble en vis-à-vis, je vois un bébé, disons un tout petit enfant, lui aussi sur un balcon. Il grimpe sur une chaise et se retrouve en équilibre sur la balustrade, prêt à faire une chute de dix étages. J'aperçois dans la cuisine la silhouette de la mère, qui n'a pas conscience du danger. Je hurle pour attirer son attention, j'y mets tout ce que j'ai ! Mais elle n'entend rien ! Le môme penche du côté du vide, ses petites jambes dérapent, tout terrorisé qu'il est, il ne peut pas pleurer. Dans ma panique j'hésite entre appeler les pompiers et me précipiter dans l'immeuble d'en face, mais j'arriverai trop tard. C'est alors que j'entends une série de longs biiiiiips. C'est le four qui me signale qu'une cuisson se termine. Si tu avais vu cette tarte, le glaçage, les amandes effilées, il y avait même des…

— Et le bébé ?!

— Quoi, le bébé ?

— …

— Que te dire ? Je me suis réveillé dans la frustration de n'avoir pu céder à ma gourmandise, et non dans l'effroi d'avoir vu l'humanité perdre un de ses jeunes spécimens. C'était un accident, non ? Comme il en arrive tous les jours ? Alors épargne-moi tes regards indignés.

Cette nuit-là, je suis tenté de lui voler un somnifère. Quelque part dans ma tête un bébé suspendu à un garde-fou m'empêche de trouver le sommeil.

*

En rentrant du travail, je retrouve Léo dans la position où je l'ai laissé, sous un plaid écossais, la télécommande en main. Il me fait un compte rendu confus de sa journée qui a commencé par une émission où un type disait qu'il fallait « ordonner le retrait des troupes » de tel pays, mais Léo ne sait plus trop lequel, même s'il pensait « qu'il n'existait plus depuis l'année dernière ». Un journaliste politique rétorquait qu'il fallait au contraire « intensifier les frappes ». Puis, dans une émission sur la santé, un médecin lui a expliqué qu'il ne mourrait sans doute pas du cholestérol parce que c'est un mythe créé par les industries pharmaceutiques qui veulent fourguer leurs statines censées le soigner, ce qu'un autre médecin a immédiatement contredit : « Affirmer une chose pareille est totalement irresponsable ! » Puis, sur une chaîne d'informations en continu, il a écouté un philosophe venu vendre son livre intitulé *Même les fusils ont une âme*. Deux heures plus tard, il présentait à nouveau son bouquin dans une émission de divertissement auprès d'une starlette anorexique qui plaidait la cause animale. La question des frappes arrivant sur le tapis, tous deux se sont déclarés contre, à l'inverse d'un éditorialiste venu défendre son essai intitulé *Le renvoi d'ascenseur et l'esprit d'escalier*, qui trouvait criminel qu'on puisse «ordonner le retrait des troupes». Léo a tantôt été contre les frappes et pour les statines mais la tendance s'est inversée en fin de journée.

Je n'en veux plus aux psychiatres de s'être lassés de son cas.

*

Je passe par la poste restante pour relever son courrier. Dans une enveloppe frappée du cachet de son agence de photos, il trouve le justificatif de la vente récente d'un de ses clichés à une compagnie bancaire qui en fera une affiche. On y discerne, en plan éloigné, l'échafaudage d'un bâtiment à venir ; aucun mur n'est encore monté, n'existe qu'une haute tour de tubulures lancée dans le ciel, avec, en divers angles, des hommes casqués, reliés entre eux par des cordages. D'une rare puissance d'évocation, la superbe géométrie de ce plan d'ensemble suggère non pas une histoire mais une allégorie, un rappel de ce qu'est la solidarité : les hommes dépendent les uns des autres pendant qu'ils bâtissent. Comme un défi lancé aux cieux, cette Babel-là tiendra un jour debout. Quand je découvre cette photo je suis fier, naïvement et sincèrement, de faire partie du genre humain. Léo ricane : « Combien ont-ils payé pour ça ? » Un bon prix si j'en juge par sa réaction en dépliant la facture, de quoi vivoter encore trois mois en attendant la prochaine vente. Je trouve indécente sa désinvolture devant son propre travail et ose le lui dire ; comment un individu capable de discerner puis de restituer une si précieuse symbolique peut-il la jeter à la corbeille, au sens propre comme au figuré ? Il s'étonne de la façon dont j'ai lu sa photo, qui pour lui, et dès qu'il l'a eue dans son viseur, représente la quintessence de la servilité : ô petits êtres de labeur retenus par des cordes, construisez vos propres cages. La preuve, me dit-il, la banque ne s'y est pas trompée, ses communicants ont su apprécier cette belle synergie dans l'effort : venez à nous, petits comptes et petits porteurs, et nous érigerons *ensemble* un nouvel édifice voué à la rayonnante finance. Et Léo de se planter, après avoir gobé quelques cachets, devant une émission culinaire où un candidat pleure d'avoir raté son émulsion aux girolles.

Le voilà condamné à vivre – mais pour combien de temps ? – d'une esthétique capitalisée à une époque heureuse qu'il méprise désormais. Me reviennent en mémoire nos dérives nocturnes à la recherche d'une image digne d'être reproduite. Nos bavardages idiots, nos clopes roulées, et soudain, au détour d'une ruelle : Paris. Aujourd'hui il vomit l'idée même de photographie, mensonge des mensonges : ça n'était pas Paris, ça n'était pas la galerie Vivienne, ça n'était pas Montmartre, ça n'était pas des gens, ça n'était pas des passants amoureux, ça n'était pas des lieux, c'était rendre le dehors tout juste regardable. Il se réjouit même de la diarrhée visuelle qui se répand dans nos vies, car à trop montrer plus personne ne voit, plus personne ne s'émeut, et ne subsistera de l'art photographique que le sourire d'une mère, d'une sœur, d'une compagne, saisi un soir autour de la table par un téléphone portable, le seul instant qui méritait d'être choisi pour qu'il résiste au temps.

*

J'appelle ce qui lui reste de famille et d'amis pour leur donner des nouvelles du dépressif, ma véritable intention étant de le refourguer à l'un d'eux. Personne n'en veut mais chacun a sa petite idée sur la pathologie du malheureux, si bien qu'à la fin je ne sais plus qui est cet individu abruti de drogues et de télévision avachi dans mon canapé. Sa sœur le décrit comme un être contemplatif depuis l'enfance. « Un livre d'images et on était tranquilles pour la matinée. » Son passage en pension, trois années de solitude quasi mutique, a anéanti toute ambition chez lui. Son père le voit faire de hautes études ? Il se contente de jobs précaires et d'enquêtes pour la SNCF. Sa mère le pousse à fonder une famille ? Il lui présente une

Gaëlle Guilloux autoritaire qui n'a rien compris à son fils. C'est par elle que le malheur est arrivé.

José, chez qui j'ai rencontré Léo, me décrit une sorte d'hédoniste flemmard qui a décidé de «passer entre les gouttes», d'éviter les pièges de la carrière et de la réussite. Comment ne pas se faire rattraper un jour par le système? «Parce que le système se venge, vois-tu, il finit toujours par trouver un moyen de faire rentrer dans le rang ceux qui ont cru pouvoir le mépriser.» Quand je l'invite à venir le voir chez moi, José me répond qu'il préfère garder de lui l'image d'un Léo malicieux et libre. Il raccroche sur un «Bon courage!».

Pour Angélique, Léo est un pur artiste mal préparé aux vicissitudes de l'existence, heureux dans la photo et nulle part ailleurs. Elle garde cependant l'intime conviction qu'il va guérir de sa lésion et retrouver son œil d'aigle. Les réponses sont déjà en lui mais il doit les trouver seul car désormais il ne fera plus confiance à quiconque.

En dernier recours, je me résous à appeler Gaëlle pour savoir si sa décision de ne plus revoir Léo est irrévocable. Elle me donne sa version de leur rupture, affirmant n'avoir jamais pris le parti de son père, qui du reste n'a commis aucune faute professionnelle. Après l'accident, car c'était un accident, un terrible accident, elle a perdu toute estime pour Léo en constatant à quel point il avait besoin d'un bouc émissaire; capable d'arguments d'une mauvaise foi inouïe, il s'est acharné sur papa avec une violence rare. Sans cet accident, la part sombre de Léo se serait révélée tôt ou tard.

*

Les semaines passent et je ne m'habitue toujours pas à son phrasé tout en chuintements, émoussé de surcroît par les anxiolytiques, un sabir de demeuré qui ne l'empêche pas de se lancer dans des démonstrations grandiloquentes et pathétiques. Un jour, je le retrouve aux prises avec une bouteille de vodka arrachée aux glaces du congélateur, son angoisse convertie en une sorte d'euphorie discursive d'un abord cohérent pour qui s'arrête à la seule musicalité de l'argumentaire. La raison de sa logorrhée : une émission vue dans la journée, où deux intellectuels sont entrés en synergie de pensée, chacun lançant des ponts vers les thèses de l'autre. L'un défendait son concept de *mémoire-miroir*, pendant que son vis-à-vis convoquait le *post-idéalisme*. Léo, nullement tenté de manier des idées qu'aucun de nous deux ne maîtrise – et lui, dans son état, encore moins que quiconque –, se dit ému d'avoir vu des intelligences en action ; son cerveau malade n'étant plus capable de concevoir quoi que ce soit ayant du sens, il se réjouit que d'autres détiennent et manipulent ce sens, comme jadis une poignée d'hommes des cavernes, plus malins que leurs congénères, ont découvert le feu et l'ont entretenu au fil des âges. Or ceux d'aujourd'hui sont en danger, ajoute-t-il, vodka en main, car les espèces les plus sophistiquées sont les plus fragiles, l'histoire de l'évolution prouve qu'elles sont sans cesse menacées par la barbarie triomphante qui, elle, est douée de régénération éternelle. Les intellectuels, bien mal protégés par leur verbe, cernés par tant de prédateurs et dépourvus de proies, sont condamnés à disparaître, sans le soutien de l'homme de la rue pour qui ils sont devenus indéchiffrables. Urgence est donc de préserver cette pensée et ces hommes afin qu'ils puissent forger des outils de connaissance pour les générations futures.

Et à la fin de sa tirade, que j'ai crue sincère, il éclate de rire. Un rire haineux et railleur. Le doute n'est plus permis : j'héberge un délirant. Je pensais avoir ouvert ma porte à un ami dépressif ayant besoin d'un recoin d'abandon, d'une compagnie discrète et bienveillante, le temps pour lui de retrouver l'estime de soi et l'envie d'en découdre à nouveau avec l'existence. Or son accident, vécu comme une faillite généralisée, est en passe de provoquer une absolue rupture morale, sans doute répertoriée de façon savante par la psychiatrie, mais que je vois, avec mon regard ami, comme le rejet systématique de ses valeurs d'antan : les braves types sont des demeurés. Il regrette d'avoir obéi aux règles et cherché le beau en tout. Comble de l'ironie, son accident lui a, dit-il, « ouvert les yeux », et désormais son vrai visage est celui d'un monstre trop longtemps contrarié qui doit vivre selon ses propres lois.

Cette nuit-là, je coince une chaise contre la poignée de la porte de ma chambre.

La beauté est dans le regard de celui qui observe.

Un adage que Léo n'avait pas compris avant de voir un épisode de la série SAGA. Une vieillerie de vingt ans, rediffusée sur le canal 335, que nul ne peut atteindre tant ceux qui précèdent proposent des programmes bien plus attrayants. Un produit calamiteux, une image indigente, des décors rudimentaires, un montage inexistant. Or cette absence de moyens semble avoir stimulé l'imagination des auteurs qui se sont autorisé toutes les libertés narratives, digressions et ellipses, à condition qu'elles restent contenues en huis clos. Dès lors, c'est au spectateur de fournir l'essentiel du travail.

Dans l'épisode en cours, un couple de passage en Inde découvre par la fenêtre de sa chambre d'hôtel un des plus beaux monuments du monde, le Taj Mahal, un jour de fête religieuse. Inutile d'espérer apercevoir le palais, l'Inde ou la fête en question, on devra se contenter d'un plan rapproché des visages des jeunes gens qui décrivent, émerveillés, ce qu'ils ont sous les yeux.

Et dans leurs yeux, Léo voit.

Il voit le joyau de l'Orient, tout de marbre blanc, de grès rose et de pierres précieuses.

Il voit l'amour du Moghol qui l'avait fait construire à la mémoire de sa femme.

Il voit des milliers de couples venus du monde entier pour se promettre l'un à l'autre.

Il voit des femmes en saris de toutes les couleurs et des pèlerins en costumes argentés qui terminent leur procession vers le temple.

Il entend des chants, il voit des danses rituelles sous les flambeaux qui illuminent la nuit.

Il voit le plus chatoyant des tableaux vivants.

Il voit la ferveur et la grâce.

La beauté est dans le regard de celui qui observe.

*

Une femme dort sur un matelas posé à même le sol. Son épaisse chevelure lui couvre le visage comme pour la préserver d'une aube en hâte.

Léo ne la reconnaît pas…

Il soulève une longue mèche au coin de son œil afin d'en avoir le cœur net.

… Angélique ?

Il l'a pourtant quittée sans même l'en informer, à peine venait-il de rencontrer Gaëlle. Et la voilà qui agrippe un coin de son tee-shirt pour l'empêcher de sortir du lit.

Son rêve fait voyager Léo dans leur histoire commune à la façon d'un florilège.

Elle pique une baguette chinoise dans son chignon pour le faire tenir.

Par un été caniculaire, elle lit, près d'un ventilateur, *De l'assassinat considéré comme un des beaux-arts.*

Elle dit à Léo qui entre en elle : « Ne crains plus rien, tu es chez toi. »

Il se réveille au plus ardent des instants jamais rêvés. C'est vrai qu'elle avait dit ça, une nuit où il n'avait pas su cacher son vague à l'âme, juste avant qu'ils ne fassent l'amour. Il crispe les yeux dans le vain espoir de la retrouver dans les ténèbres.

Mais apparaissent d'autres images, plus tristes, imposées par son esprit conscient.

Lui, pas fier, se cachant quand il l'aperçoit à un coin de rue.

Lui, disant à Gaëlle : « Avant toi ? Rien d'important… »

Cependant une certitude lui apaise le cœur ; ce rêve caressant, intense, est la preuve formelle, non pas qu'il ait gardé au fond de lui un tendre souvenir d'elle, ce qu'il sait déjà, mais que c'est elle, Angélique, qui pense toujours à lui avec nostalgie, sans quoi ces retrouvailles nocturnes n'auraient aucune raison d'être.

*

— L'alcool a ruiné en une seule soirée ce que j'ai mis vingt ans à bâtir.

Tous les individus présents sous le dôme ont connu les ravages dus à leur cher poison, mais un poison lent. Il aura fallu presque deux ans avant que les services sociaux ne retirent à Carmen ses enfants. Maureen s'acharne jour après jour à dilapider le seul bien qu'elle ait jamais possédé, sa beauté. Twice, lui, n'a pas eu le temps d'accomplir quoi que ce soit tant il s'est employé à se détruire dès l'adolescence. Quant à Mr Melnick, dont on ne sait presque rien, on se doute que sa carrière d'alcoolique est l'œuvre d'une vie entière. Ce qui les intrigue dans l'entrée en matière de l'intervenant – Adrian, un petit costaud au regard de bulldog –, c'est la fulgurance de sa chute. *En une seule soirée.*

Il se décrit comme faible de naissance. Il a été le gosse qu'on martyrise à l'école, le soupirant qui fait pouffer les filles, le collègue qu'on charrie. Quand on naît avec cette infirmité-là, aucun remède connu. « Apprends à te défendre ! » Certes, mais où s'inscrit-on ? On apprend quoi ? On guérit quand ? Dans le grand manuel des petites persécutions, aucun article prévu. Il y a des forts et des faibles, voyez, c'est comme ça depuis toujours, débrouille-toi. Ravale ta honte, subis en silence et rase les murs, petit Adrian tout petit.

Que faire alors, si l'on se hasarde à survivre, sinon se forger une carapace à l'épreuve des balles ?

Débute un long et minutieux travail de détachement. Créer entre le monde et soi un mur invisible et observer ceux qui tentent de le franchir s'y casser le nez. Exclure la parole. Proscrire les regards. Mesurer chaque geste, s'affranchir de toute fébrilité afin de ne trahir aucune émotion. Adrian obtient bientôt des résultats ; son apparente politesse, froide et muette, sans le plus petit atome d'amabilité, est un long cri de mépris à qui sait entendre. Quand un malheureux tente d'établir le contact, il lit dans le regard d'Adrian : *exprimez-vous et disparaissez.* La quarantaine qu'il s'inflige, ce sont les autres qui la subissent, exclus, mis au rebut, sommés implicitement d'aller se faire foutre.

— Même les chiens s'écartaient sur mon passage.

Au travail, il devient « le taiseux ». Puis « le sauvage ». Puis « le dépressif ». Puis « le passif-agressif ». Et enfin, « le sociopathe ». Au bout de dix ans, sa constance et son talent finissent par payer, un halo de méfiance s'est créé autour de lui qui le protège de toute agression.

— Si Michel-Ange a su créer l'homme à l'intérieur d'un bloc de marbre, j'ai su créer un bloc de marbre à l'intérieur de l'homme.

Magnifiquement impassible comme une idole de pierre échappée d'un temple, Adrian inquiète autant qu'il intrigue. À rester sans réponse, son mystère vire peu à peu à la légende. Et si le sourire a définitivement quitté son visage, il en arbore un autre, intérieur et radieux.

— J'étais devenu une sorte de chef-d'œuvre minéral…

Léo n'anticipe pas la suite mais la redoute. Pourquoi faut-il, dans la vie comme dans sa chambre obscure, que toute victoire individuelle sur la malveillance collective soit tôt ou tard payée au centuple ?

Une grande banderole s'affiche à l'écran, c'est la soirée que donne la société d'Adrian qui une fois l'an reçoit les cadres de toutes ses succursales. En général il échappe à l'événement mais cette fois sa présence est requise. À sa table, l'équipe de Pittsburgh est bien décidée à faire la fête dès la fin des discours. Adrian en profitera pour les soulager de sa présence, eux qui n'attendent que ça.

Et l'on pose devant lui, pendant que le P-DG porte un toast, un verre de dry martini.

— Quelqu'un a déjà goûté cette saloperie ?

Ceux du dôme, sans exception, lèvent la main.

Sans se méfier, Adrian vide en deux lampées son verre, grimace sous le coup de l'âpreté, et se jure de ne plus en boire un autre de toute sa vie. Une escouade de serveurs se tient prête à servir l'entrée. Dans moins de trente minutes, il sera chez lui.

Mais une douce chaleur le saisit par surprise et lui remonte dans la poitrine… Vient lui chauffer les tempes… Lui envahit délicatement le crâne… Une sensation de relâchement, si peu familière… D'un coin de serviette il s'éponge discrètement le front… Le P-DG fait un bon mot qui amuse l'audience… *C'est vrai qu'il est drôle, le boss…*

Adrian jette un œil circulaire sur la salle... Un délicieux feu intérieur se propage dans son corps... Tous ces gens si bien habillés, robes de haute couture, smokings... Plus de vingt ans qu'Adrian est dans la boîte et personne ne l'a encore mis dehors pour détestation généralisée... Cette pensée l'amuse... Son front perle... Après tout, quel mal y a-t-il à jouer le jeu une fois l'an...? *Ils sont tous venus, certains de loin, pourquoi serais-je exempté?*... Et le P-DG parle de ses employés comme d'une grande famille... N'y aurait-il pas un peu de sincérité derrière cette formule toute faite? *Regarde-les, Adrian... Demain, comme toi, ils retourneront au travail... Ont-ils mérité que tu les ignores à ce point, ce soir...?* Il desserre son nœud papillon... On applaudit le discours à tout rompre... Adrian aussi... Les serveurs ont rafraîchi les verres, toute la salle trinque... Adrian aussi...

Sous le dôme, on connaît ce petit basculement qui se joue à quelques secondes près, à quelques gouttes près.

Adrian découvre ce soir-là qu'il est atteint d'un mal que le bon sens populaire désigne de façon générique et approximative par : *avoir le vin heureux.*

Il se revoit vider le deuxième dry martini d'un trait.

Il s'intéresse à ses voisins de table, leur pose cent questions, s'enthousiasme de chaque réponse. Demain, tout reprendra sa juste mesure, mais ce soir le taiseux parle, parle, parle. Joie contenue depuis trop longtemps ! Urgent besoin de fraterniser ! Fraterniser ! Il réalise, si soudainement et si tard, que l'empathie et la bienveillance en lui sont intactes. Au loin il aperçoit ses collègues, ceux qui depuis tant d'années le fuient, Brickman, Moffat, Jonesy, Garofallo, Ebbet. Il se remplit une coupe de champagne, traverse la salle, se penche à l'oreille de Moffat, qui craint le pire.

— Je suis désolé pour ta fille… J'aurais dû te le dire l'année dernière… T'écrire un mot… J'espère que tu me pardonnes…

Abasourdi, Moffat ne sait quoi répondre et hoche la tête.

Adrian danse sur la piste. À tous il a envie de hurler : *Ô comme vous m'avez manqué !*

Il se revoit terminer un verre pris au hasard sur une table.

In vino veritas. C'est bien ce qu'on dit, non ? Serait-il, au fond de lui, ce brave type qu'il s'est interdit de devenir ?

Et puis…

Quelques flashs subsistent de cette nuit-là.

Adrian pleure à chaudes larmes dans le giron de Jonesy.

Confusion, bruit…

Brickman et Garofallo lui font avaler, hilares, des shots de vodka.

Il fait chaud à s'évanouir.

On le rafraîchit en vidant une carafe d'eau sur son crâne.

Il s'essuie les yeux.

L'orchestre a disparu ?

Où sont passés les gens ? Ne restent que des petits groupes épars.

Il s'accroche à une nappe, s'écroule à terre, tente de se relever.

Aidez-moi les gars... Jimenez... Ebbet ?

Ses semelles glissent sur des restes de gâteau.

Tous ses grands amis sont autour de lui, comme une mêlée au football.

On lui a recouvert la tête d'un seau à champagne.

Tout le monde y va de son air de tambour.

Ceux du dôme poussent Adrian à aller jusqu'au bout de sa confession, à se vider de cette honte, prêts à tout entendre car ils ont vécu pire encore. *Ne crains rien, Adrian, si tu savais, nous tous ici...*

Le lendemain, au bureau, il a affronté le sourire en coin des standardistes, le regard navré de sa hiérarchie, les sarcasmes de Brickman, les rires gras de Moffat, les détails honteux que Jonesy s'empresse de lui remémorer, le ravissement vengeur de Garofallo, tous en ont bien profité, grâce à lui on s'en souviendra, de la soirée de cette année !

Plus jamais on ne le respectera dans ces murs et son calvaire va reprendre de plus belle. Il est redevenu cet enfant harcelé qui cherche où se cacher.

Adrian a accepté un poste dans une nouvelle succursale qui s'ouvre à Houston. Là où nul ne connaît sa légende minérale. Là où tout est à recommencer.

— *In vino veritas...*? Connerie! Je suis bien le seul à savoir que c'est faux! L'alcool est un mensonge! Ne cherchez pas une quelconque révélation au fond de votre verre! *In vino mendacium*! Je ne suis pas cette mauviette qui ruisselle de champagne par terre! Je ne suis pas le souffre-douleur dont l'espèce inhumaine a tant besoin! Je suis Adrian le monolithe! Je suis le roc sur lequel s'écrase le ressac de la cruauté ordinaire! Je suis un monument d'indifférence à la persécution! Je suis l'homme au cœur de marbre! Je suis Adrian!

*

Parfois Léo, lassé par trop d'attention portée aux personnages, les observe de loin, sans tenir compte de leurs agissements, comme des passants aperçus par une fenêtre.

Or il arrive que l'un d'eux s'arrête devant cette même fenêtre et y jette un œil indiscret.

Il y voit un homme seul, allongé dans un lit. S'il dort, à quoi rêve-t-il? S'il médite, quels sont ses plans secrets? S'il se repose, qu'est-ce qui l'a tant épuisé? S'il se cache, de quoi est-il coupable? Son lit est-il un radeau à la dérive ou une terre promise? Se remet-il de l'avant ou se prépare-t-il à l'après?

Bientôt d'autres questions, plus préoccupantes, se posent : ce reclus n'a-t-il pas un destin à accomplir? Mesure-t-il l'invécu auquel il s'expose? Combien de rencontres ne se feront pas? Combien de sensations inéprouvées ? Combien de hasards heureux évités ?

L'être de fiction cesse tout questionnement quand il reconnaît que les desseins de l'homme réel, au contraire des siens, sont indéchiffrables.

*

Aucune histoire d'amour ne le touche comme celle de la série LES INFIDÈLES. Elle décrit les rituels et les mœurs d'une bande de copains, gens de peu, lancés dans la vie active depuis le plus jeune âge, pragmatiques parce que la vie l'exige, et satisfaits de leur sort. Floriane et Thomas, Patrick et Estelle, Hans-Peter et Zaza, Rémy et Brigitte. Barbecues, week-ends, ski parfois, quand ils ont les sous. On boit des kirs, on organise des fêtes costumées, on réserve d'une année sur l'autre les emplacements du camping de Royan. Et puis il y a cet été où Patrick fait tout pour éviter de se retrouver seul avec Floriane. Il en devient presque goujat, à toujours s'asseoir à l'opposé d'elle. Floriane, elle, va vomir pour un rien. Une allergie dit-on. Eux, amis depuis si longtemps, comment ont-ils pu se laisser surprendre par cet amour qui s'est imposé au fil du temps ?

Et comment peut-on tromper Thomas, un grand costaud qui ne voit le mal nulle part et qui ne demande rien de plus à la vie que de se retrouver entre amis, avec une pizza et un coup de rouge. Comment tromper Estelle, qui ne s'endort jamais sans avoir fait les comptes de la journée au centime près, et qui ne connaît pas de plus grande fierté que de dire à son mari : « Chéri, à la fin du mois on va pouvoir te l'offrir, ta Xbox. »

Floriane et Patrick ont lutté.

Ils ont perdu.

Ils ont pleuré.

Ils se sont rendus malheureux en cédant à leur désir. Ils se sont rendus plus malheureux encore à tant le refouler.

Car le vrai drame de Patrick et Floriane est de n'avoir aucune culture de l'adultère. Ils n'en maîtrisent ni les références ni les codes. Ils ne peuvent se raccrocher à la littérature qui a su mettre en mots les émotions qu'ils s'interdisent de ressentir. Ils n'ont lu ni *Madame Bovary* ni *Anna Karenine*. Ils ont trouvé dérangeant *L'amant de Lady Chatterley* à la télé le dimanche soir. Avant ils riaient aux cocus des vaudevilles, maintenant ils ne rient plus. Tous deux seraient bien incapables de donner une légitimité à leur idylle en se référant à des axiomes du type : *L'adultère est la part brûlante des couples comme l'enfer est celle d'une bibliothèque.* Par ailleurs, ils ne bénéficient pas du confort financier qui facilite les doubles vies. Comment trouver un moment rien qu'à eux, avec leurs horaires, leur badge de service, leur chef d'équipe à l'affût ? Le cinq à sept n'est pas l'heure de la volupté mais du métro bondé, des courses à Auchan et des enfants à la garderie. Et où se rejoindraient-ils ? Devant le parking de la gare, dans cette chambre d'hôtel à 60 € de sinistre mémoire, la seule que Patrick a pu se permettre sans attirer la curiosité comptable d'Estelle ? Échanger des textos discrets leur demande déjà des trésors d'inventivité – un portable, à la maison, n'est pas un objet intime. Mais le pire obstacle à leur clandestinité est intérieur. Patrick et Floriane sont démunis devant l'interdit moral, incapables de s'autoriser de petits arrangements si bénins pour d'autres. Pour eux, tromper n'est pas l'incartade vaguement admise dans les milieux bourgeois pour entretenir la longévité des ménages. Tromper, c'est un cataclysme. C'est la fin de *leur* monde. L'adultère est, comme le reste, un luxe réservé à d'autres classes que la leur.

Ils ne briseront pas leurs couples respectifs, ils ne recomposeront aucune famille, leur rêve est bien plus simple, et pourtant inaccessible : passer une nuit ensemble. Une seule nuit, longue et pleine. Pour eux, l'équivalent d'une vie. Le point d'orgue et l'achèvement de leur histoire. Là où toutes les autres commencent. Le moteur narratif des INFIDÈLES est la mise en place de cette nuit-là.

Léo n'a rien de commun avec un Patrick ; il n'est pas issu du même milieu, il n'a pas connu la vie de famille, n'a appartenu à aucune bande et n'a jamais vécu les affres d'un adultère. Et c'est justement quand la situation est à ce point éloignée de son propre vécu qu'il veut savoir pourquoi elle fait écho. Quand il voit apparaître Floriane, c'est Angélique qu'il devine. À leur manière, eux aussi se sont aimés à rebours, en commençant par la fin, la tendresse et la complicité. Si Léo leur en avait laissé le temps, peut-être se seraient-ils autorisé les serments. Et à leur dernier souffle sans doute se seraient-ils dit adieu sur un coup de foudre.

L'épisode se termine sur les amants, assis sur des strapontins de RER, direction Brétigny. On ne se parle pas. On regarde ailleurs. Un voyageur qui s'assiérait face à eux jurerait qu'ils ne se connaissent pas. Épinay... Sainte-Geneviève-des-Bois... Saint-Michel-sur-Orge... Patrick a pris un RTT mais doit être rentré à dix-neuf heures pour aller chercher le petit au judo. Floriane a prétexté une course pour son patron. Steve, un copain de Patrick, mis dans la confidence, lui a prêté les clés de son pavillon de banlieue. «Une heure de train pour tirer un coup?» s'étonne-t-il, incapable de comprendre que cette escapade est une épopée, car pour la première fois ils vont disposer d'un petit nid rien qu'à eux, ils vont enfin faire l'amour en oubliant toute vigilance, ils vont s'inventer une intimité domestique, ils vont jouer au vrai petit couple, ils vont savourer chaque minute de ce temps volé au quotidien et aux principes moraux. Encouragés par cette douce parenthèse, ils vont s'autoriser à rêver de *leur* nuit. Et cette nuit-là les récompensera de leur patience, leur ingéniosité, leur audace, comme elle les consolera de leur duplicité.

*

Parfois il voit l'écran comme une digue de verre destinée à contenir toutes les chimères de l'imaginaire humain. Son œil omniprésent fait de Léo un gardien qui veille à ce que la digue ne se brise pas et qu'une déferlante de fiction ne vienne pas envahir le monde réel, inconscient du danger.

*

— Je cherche un parfum pour ma femme et tout à coup on me tire dessus des rafales d'AK 47 !

Dans l'aéroport de Philadelphie, des terroristes se sont repliés dans la zone duty free qu'ils ont bouclée en actionnant les rideaux de fer, puis ils ont ordonné aux otages de s'allonger à terre, et parmi eux Paul Verdel.

— Une phrase me taraude l'esprit : *On ne négocie pas avec les terroristes.* Pour sûr j'allais crever là, un sac en plastique à la main contenant du Chanel.

Paul est venu sous le dôme pour donner sa version des faits. La vraie. Pas celle que se sont empressés de diffuser les médias.

— Je pense à mes gosses, que je n'accompagnerai pas jusqu'à l'âge adulte. Je pense à tout ce que je n'ai pas eu le temps de dire à ma femme. Je pense à mes parents, à qui j'ai donné bien du souci étant jeune, et voilà qu'à quarante ans je continue.

Jadis il a été un alcoolique sévère qui, après avoir tout essayé pour se débarrasser de son addiction, s'est un jour décidé à revivre, et à la longue y est parvenu. Tout aurait pu continuer ainsi si ne s'était pas produit l'attentat du 6 décembre qui a choqué l'Amérique.

— Je vais mourir sous les balles de la haine pure. Je vais mourir épouvanté. Je vais mourir d'une mort absurde, indigne. Je vais mourir en rampant au sol, comme un cafard.

Le front dans la moquette, il retient ses sanglots et prie pour devenir invisible.

Quand tout à coup il prend conscience d'un détail qui, dans son état de terreur, lui a échappé depuis le début.

Il se trouve dans le rayon des alcools.

— J'avais sous le nez une rangée de bouteilles de vodka et je ne les avais pas vues. Vous savez, ces putains de bouteilles de deux litres qu'on ne trouve que dans les aéroports... Un bel alignement translucide, avec des étiquettes rouges... Rien qu'à les voir, c'était comme si je venais de trouver l'antidote à un poison qui me paralysait le corps entier. C'est absurde, je sais...

Ceux qui l'écoutent n'y voient rien d'absurde.

— J'entends au loin les hurlements de ces monstres, prêts à nous assassiner tous un par un. Je vais crever, certes, mais pas dévoré d'angoisse, pas dans la prostration, comme le voudraient ces pourris.

D'une main tremblante, Paul saisit en douce une bouteille sous le regard effaré d'une dame coincée vers les whiskys.

— Durant nos périodes d'abstinence, il nous est à tous arrivé de nous verser un verre. Mais avant de craquer, un reste de volonté nous retient : *Est-ce que ça vaut vraiment la peine de foutre en l'air X jours de sobriété pour ça ?* Pendant des années, j'ai répondu non à cette question. Mais ce jour-là, j'ai eu beau chercher, je n'ai trouvé aucune raison valable de ne pas ouvrir cette bouteille.

La première gorgée le brûle, il se retient de tousser. Puis un quart de la bouteille y passe. Paul n'a plus le même regard épouvanté. Il avait oublié ce déclic intérieur qui défie toutes les peurs. Au pire moment de son existence, il vient de retrouver sa dignité. Tant de bruit et de fureur dans ce lieu où d'ordinaire on traîne sa valise à roulettes à la recherche d'une boîte de cigares ou d'une crème de jour, c'est grotesque. Quelques rasades plus tard, il en ricane.

— Certains parlent de « courage liquide » en désignant l'alcool. Vous savez comme moi que c'est une connerie, en aucun cas il ne s'agit de courage. Au mieux on anesthésie sa lâcheté. Mais vu de l'extérieur le résultat est le même.

Paul fracasse la bouteille sur le crâne d'un terroriste et s'empare de son pistolet-mitrailleur. Pour la première fois de sa vie, il tient une arme à feu.

Le temps s'est ralenti.

Paul n'a plus conscience d'aucun danger.

Il observe l'arme, appuie sur la détente, une rafale détruit une série de néons. Un autre terroriste surgit, ils échangent des coups de feu comme dans une guerre de tranchées. Ça ressemble un peu à une partie de paintball, se dit Paul, totalement embrumé. Les forces spéciales en profitent pour donner l'assaut.

— Le reste, vous l'avez vu sur CNN.

Aucune victime à déplorer dans l'espace duty free. *Paul Verdel, an American hero*, titre la presse. On l'applaudit dans la rue. On ne voit que lui dans les talk-shows. À la Maison-Blanche, le Président lui a dit qu'il faudrait plus de gars comme lui sur terre.

En portant le poids de son mensonge face à son pays, Paul a failli rechuter. S'il est venu ce soir sous le dôme, c'est pour partager ce poids. Sinon, où ?

Pendant que défile le générique de fin, Léo se recouvre du drap pour atténuer la luminosité de l'écran. Le nouvel épisode de HOMELESS RICH ne commence pas avant deux bonnes heures. Il se laisse bercer par des voix inconnues, le temps de vaciller dans le sommeil.

« Je prends le train de 20 h 50 pour Saint-Pétersbourg, histoire de rassurer nos associés. »

« Toi en revanche, t'as pas changé. Tout de suite la vexation. »

« Laisse ton père gagner, il va bientôt mourir. Nous, on a tout le temps. »

Celle-là, pour d'inexplicables raisons, l'agrippe comme un hameçon et l'entraîne vers les profondeurs.

*

133

Après avoir eu faim, froid, et peur, l'éminent Richard de Biase a remis de l'ordre dans sa hiérarchie des valeurs. Il est désormais l'unique financier au monde à savoir ce que coûte un dollar. Dans la rue, il a même découvert le seul luxe que les milliardaires ne peuvent s'offrir, le geste gratuit, impensable dans son milieu, où la moindre attention cache une arrière-pensée et exige rétribution. Il peut maintenant apprécier la parabole de Diogène, le philosophe mendiant qui, lorsqu'il rencontre son roi, Alexandre le Grand, et que celui-ci lui demande « Y a-t-il quelque chose que je puisse faire pour toi, Diogène ? » répond : « Oui, ôte-toi de mon soleil ! » Le roi, qui vient de prendre une leçon d'humilité, dit alors : « Si je n'étais pas Alexandre, je voudrais être Diogène. » Rich/Richard est les deux à la fois.

Mais il n'a jamais été aussi seul que depuis qu'il est double, condamné à garder sa gloire secrète, comme un assassin ayant réussi le crime parfait. Il lui suffirait d'un seul témoin à qui présenter son chef-d'œuvre pour pleinement l'accomplir. Or, à ce jour, deux femmes lui semblent assez fortes, ou assez folles, pour partager son mystère.

Une coupe de champagne en main, il se prélasse dans un jacuzzi auprès de sa plus redoutable concurrente, la superbe Margot Pryce, elle aussi à la tête d'une banque d'affaires. Le temps est peut-être venu de passer alliance, suggère-t-elle. Pour éviter de prononcer le mot mariage, Margot

propose la fusion de leurs deux empires : la Pryce
& De Biase.

— La De Biase & Pryce, rectifie Richard.

Soudain il tente une idée folle, comme s'il
réclamait une preuve d'amour impossible à donner.

— Aurais-tu envie de m'épouser si j'étais un
sans-abri ?

— … ?

— Admettons que je sois exactement le même
Richard, doté de toutes les qualités que tu me
prêtes, mais vivant dans la rue.

— Tu me fais le coup du milliardaire qui veut
être aimé pour lui-même ? Et moi, si j'étais une
petite pute qui tapine dans la Bowery, tu m'épou-
serais ?

— Qui sait ?

Margot trouve le jeu absurde mais s'y prête.

— La quasi-totalité des États ont opté pour
l'ultralibéralisme. Il y avait sans doute un modèle
économique plus équitable à inventer, mais la
civilisation n'en a pas été capable. Je n'ai pas
créé le système, c'est le système qui m'a créée, et
dans ce système-là, si je ne suis pas une préda-
trice, je suis une proie. Et moi, je suis tombée
amoureuse d'un prédateur, mais pas le modèle
courant, et Dieu sait si j'avais le choix ! Tu n'es
jamais obséquieux avec les forts ni arrogant avec
les faibles. C'est comme s'il y avait deux hommes
contradictoires en toi, un affairiste et un humaniste. Tu ne prends de décision que quand les
deux se sont mis d'accord.

Richard est troublé : Margot aurait-elle découvert sa double vie ?

— Si un type est tombé dans la machine à broyer du grand capital, j'en suis très triste mais je n'y peux rien. S'il reste sur son trottoir, alors que chaque jour des témoignages nous prouvent que nous vivons dans le pays de la deuxième chance, tant pis pour lui. Et s'il se targue de vivre en marge, qu'il sache que là aussi, s'il veut survivre, il devra choisir entre être une proie ou un prédateur.

Le lendemain, Rich le sans-abri, assis sur un trottoir, compte son butin de la journée : 3,85 dollars. Jo-Ann, la fille qui tient la boutique de photocopies, le rejoint pour leur rituelle pause cigarette.

— Dis, Jo, imagine que je sois un milliardaire qui déboule chez toi dans sa belle voiture pour t'inviter à dîner…

— … ?

— Imagine-moi rasé, dans un costume chic, et très très riche. Tu sortirais avec moi ?

— Tu me fais le coup du crapaud qui se transforme en prince charmant ?

— Oui.

Jo-Ann trouve la question saugrenue mais consent à y répondre.

— Tu ne serais donc plus le Rich que je connais ? Le seul homme assez libre et assez courageux pour envoyer le système se faire foutre ? Celui qui va et s'arrête où il veut, comme les rois ? Celui qui défend son territoire comme un guerrier ? Celui qui dort sous les étoiles comme le poète ? Tu ne serais plus celui-là ?

— …

— Tu serais un de ces types qui ne connaît du monde que ce qu'il en voit à travers sa baie vitrée à Wall Street ? Un de ces enfoirés qui se gavent en toute impunité, malgré les gouvernements qui tombent et les krachs boursiers ? Un de ces pourris de spéculateurs qui brisent des vies au nom du dieu dollar ? Tu crois que ce type-là me ferait rêver ?

*

Aujourd'hui, au hasard des récits, il s'est intéressé à des amours contrariées, dont celui d'une adolescente autiste et celui d'un condamné à perpétuité. Il a vu livrer des batailles perdues d'avance, contre un père intraitable, un peuple barbare et une malédiction. Il a assisté à deux disparitions, l'une dans un monastère, l'autre dans un vortex. Souvent il tisse des liens thématiques entre des univers nullement destinés à être rapprochés, comme si une logique se dessinait au fil des visionnages et que les heures passées dans la chambre obscure créaient une gigantesque mosaïque intérieure. Le planisphère de sa psyché.

*

Léo se fait du souci pour Harold qui s'obstine à ignorer le défi littéraire auquel l'a convoqué

Lena dans son dernier soupir. *Essaie de regarder le tigre des montagnes dans les yeux. Je sais qu'il faut des couilles pour ça, mais ça vaut le coup d'essayer avant que tu deviennes sénile.* Elle voulait dire quoi, cette folle, avec sa prophétie idiote ?

Or, la prophétie idiote commence à se réaliser. Ce matin, en ouvrant l'œil, il est pris d'une crise de panique : sueur de glace, entrailles en feu, pilon dans le cœur – Léo reconnaît à l'écran cette douleur, ni feinte ni exagérée ; dans ces moments-là, il voulait se donner des coups de marteau sur les phalanges pour faire cesser ses hurlements intérieurs. Hier encore, Harold savait à qui s'adresser en cas d'urgence. Quand son silence résonnait de ses vitupérations intérieures, Lena disait : « Tu n'entends plus le bruit de ta pensée ! », et ça le calmait. Elle avait créé pour lui « le paradoxe d'Harold » qui l'autorisait à cultiver ses angoisses et ses indignations puisqu'elles étaient le moteur et le carburant même de ses écrits. Aujourd'hui, qui l'estime encore assez pour ne pas le laisser seul aux prises avec son ego ? Sûrement pas son ancien analyste, le Dr Mosley, qui lui a claqué la porte au nez, furieux de s'être fait manipuler, et ce dès le tout premier rendez-vous.

— *Je m'appelle Harold Cordell, je suis écrivain.*

— *Qu'attendez-vous de moi, Mr Cordell ?*

— *Mon talent n'est pas à la hauteur de mes angoisses…*

— *Vous pouvez m'en dire plus ?*

Dans son laïus, il est question de Dostoïevski,

Stefan Zweig ou Virginia Woolf, grands tourmentés, qui certes ont terriblement souffert mais qui nous ont laissé des romans d'exception, alors dans leur cas, oui, les grandes douleurs ont engendré de grandes œuvres, mais pas dans le sien, bordel! Il veut souffrir moins, ou écrire mieux, car pour l'instant il paie trop cher pour le résultat.

Et puis, un an plus tard, le Dr Mosley découvre dans le dernier livre de son patient, *Paderwsky's Syndrom*, une intrigue qui s'inspire très précisément d'une situation qui les a occupés, Harold et lui, des semaines durant. Il réalise que l'auteur s'est servi de leurs échanges pour crédibiliser à des fins romanesques un événement totalement fictif qu'il prétendait avoir vécu. Sommé de s'en expliquer, Harold avoue qu'il a en effet « testé en séance un ou deux ressorts dramatiques » pour que, une fois avalisés par un docteur en psychiatrie, « ils gagnent en vraisemblance ». Furieux, Mosley soutient que certains propos tenus par un des personnages sont, à la virgule près, les siens! Harold reconnaît avoir parfois besoin dans ses dialogues d'un « jargon d'expert, souvent abscons mais qui sonne juste ». Il s'agit là d'emprunts, ajoute-t-il pour calmer l'indignation du praticien qui rappelle à Harold que le principe premier d'une thérapie est la confiance – ah ça, il arrive qu'un psy passe pour un imposteur mais que dire de certains patients! Il a refusé le paiement de la séance et lui a souhaité bonne chance.

De plus en plus livide, Harold tourne en rond dans son bureau, une main sur la poitrine. Un fond de scotch ne le calme en rien. N'y a-t-il plus une seule bonne âme à qui confier son angoisse ? Ne serait-il pas temps de se réconcilier avec Conrad ? N'a-t-il pas été son meilleur ami, bien avant de rencontrer Lena ?

C'est une très mauvaise idée, Harold… Tu oserais lui confier tes petits malheurs ? Après l'épisode chez le bouquiniste ? Léo le revoit, entre deux rayonnages, tomber par hasard sur un de ses romans, comme neuf, jamais lu. En page de garde, une longue dédicace manuscrite commence par : *À Conrad, mon meilleur ami.*

Harold est curieux de savoir à quel prix Conrad a bradé leur amitié. Le bouquiniste explique que le volume atteint les deux cents livres du fait de *l'envoi autographe* de l'auteur. Raison pour laquelle Conrad n'a pas pris la peine d'arracher la page de garde. Que leur est-il arrivé en cours de route pour que son *meilleur ami* se permette un geste d'un tel mépris ? Renseignements pris, il découvre que Conrad ne parvient plus à joindre les deux bouts, et que, honteux de demander de l'aide à cet égoïste racorni qu'est devenu Harold, il vend tout ce qu'il possède pour se maintenir à flot, y compris ses souvenirs. *Des deux, c'est toi qui as bradé votre amitié, Harold.*

Harold réalise à quel point il a fait le vide autour de lui et que l'après-Lena va être terrible. Pour un peu, il appellerait de tous ses vœux cette fin du monde qu'il a tant prophétisée. Mais soudain, pris d'une illumination, il quitte son appartement comme si celui-ci était en feu et hèle un taxi. *Quelle idée tordue t'a encore traversé l'esprit ?* se demande Léo, qui le voit se précipiter dans l'abbaye de Westminster pour se diriger vers le « Coin des poètes », dernière demeure des plus illustres écrivains anglais. Depuis la mort de Lena, à quoi bon espérer un interlocuteur encore en vie ? Il cherche un nom parmi les tombes. *Rudyard Kipling… Ben Jonson… Thomas Hardy…* Pas sûr que tous ces braves gens lui fassent une place un jour, se dit-il. Il trouve enfin celui qu'il cherchait et s'assoit à même le marbre noir.

— La vie ne t'a pas épargné, Charles. Parfois je t'imagine à douze ans, à l'usine, en train d'étiqueter des boîtes de cirage pour nourrir ta famille pendant que ton père est en prison pour dettes…

Des touristes qui cherchent le mémorial de Shakespeare font un détour pour éviter Harold.

— Mais c'est insignifiant en comparaison de ce qui m'arrive ! Je suis victime d'une malédiction !

Un gardien surprend un détraqué qui dialogue avec la pierre tombale de Dickens. Comme il refuse de quitter les lieux, la police intervient. Harold vend cher sa peau. On le plaque au sol pour lui attacher les mains et les chevilles. La question se pose de l'endroit où livrer le dément, le dépôt du commissariat central ou l'hôpital psychiatrique.

Mon hôte depuis un mois, Léo ne me demande même plus comment s'est passée ma journée depuis qu'il voit en moi non un allié mais un de ceux pour qui « la vie continue », inconscients qu'ils sont de son malheur. Or un basculement se produit un soir où j'ose me plaindre de ses récriminations permanentes. Il cite un certain Alvaro Santander : « Sans mes nobles indignations, j'aurais des vengeances de laquais ! » Qui est cet individu, dont la citation est incompréhensible hors contexte ?

— Comment ?! Tu ne connais pas Alvaro Santander ?

J'imagine un obscur écrivain sud-américain qu'il aurait lu du temps de ses interminables voyages en train, ou un général espagnol dont les saillies auraient survécu aux faits d'armes. Il s'agit en fait d'un des personnages principaux d'une telenovela brésilienne intitulée DOÑA LEONOR, qu'il vient de découvrir ici, une nuit, sur une chaîne câblée. Après avoir vu toute la première

142

saison en replay, vingt-quatre épisodes de quarante minutes, il vient d'entamer la deuxième, dont trois épisodes à la suite sont diffusés ce soir – au passage il m'explique qu'une « saison » correspond à l'ensemble des épisodes d'une série diffusés en une année, en général de septembre à mai. Il ne m'épargne aucun détail, personnages et intrigues, même secondaires, et soudain je sens renaître en lui une exaltation que je pensais perdue à jamais. « Alors tu vois, on est en Espagne en 1827, dans la bonne société de Tolède. Alvaro Santander déshonore Doña Leonor et lui préfère Soledad de Belén, un meilleur parti. Manque de pot, Soledad le jette comme lui-même a jeté l'innocente Leonor, enceinte de lui. Il s'engage alors dans l'armée, part aux Amériques, est fait prisonnier dans la jungle, pendant que Leonor se réfugie dans un couvent pour accoucher d'un enfant qu'on lui confisque. Elle s'enfuit, crie son infortune aux grands de ce monde, qui s'en foutent. Seule contre tous, elle décide de retrouver son amant afin de l'informer de l'existence de leur enfant. Pendant ce temps, Alvaro Santander, devenu Alvy Stanton, se marie en Californie et fonde, avec sa femme Jemma, un foyer pour femmes rejetées, le tout premier du genre. »

La suite, ce soir…

Je réalise tout à coup que Léo mène une double vie, dans mon canapé et à mon insu. La nuit, pendant que je l'imagine affronter ses démons, monsieur se promène entre Tolède et San Diego, très préoccupé de la destinée d'une poignée d'inconnus dont les mésaventures ont le mérite de lui faire oublier les siennes. Un signe encourageant, me dis-je, pensant qu'il a trouvé là, même momentanément, de quoi maintenir à distance ses obsessions – tout instant volé à l'angoisse est bon à prendre. Curieux de cette saga dont il parle avec inspiration, j'accepte son invitation à partager les épisodes du soir et, sans même la chercher, nous retrouvons un semblant de connivence. Défile un générique retentissant, une musique de cuivres et de cors qui annonce un clinquant XIXᵉ siècle, des salons tout en dorures, des alcôves capiteuses, des caravelles qui traversent les mers. Dès la première scène je sais à quel produit j'ai affaire, vieillot mais pas dénué d'ambiance, une image vidéo qui brille plein pot sans se soucier de nuances, une mise en scène scolaire qui pourrait passer pour de l'épure mais se contente d'économiser les mouvements de caméra. Le jeu des acteurs est classique, peut-être un peu affecté, on sait d'emblée que des sentiments exaltés sont à l'œuvre, l'intensité intérieure est là. Léo, qui tient à ce que je possède tenants et aboutissants de l'histoire, me dresse le pedigree de chaque personnage à mesure des apparitions – « Lui c'est Enrique, le frère de Soledad, secrètement amoureux d'elle. » Il attire mon attention sur tel ou tel dialogue : *Cet édifice qu'on nous force à bâtir, bâtissons-le, et solidement, car un jour il sera nôtre !* Léo ajoute : « J'imagine qu'un philosophe a déjà dit un truc comme ça, mais en trois cents pages. » Il me donne quantité d'informations en aparté – « Jemma et Alvy ont appelé leur hacienda la *Doña Leonor*. Jemma sait qu'il s'agit d'une femme importante dans le passé de son mari mais, par amour pour lui, elle respecte ce souvenir-là. » Il est si précis, et l'intrigue si sommaire, qu'à la fin de l'épisode je suis à jour. Hélas mon intérêt s'émousse dès le suivant, on y sent parfois le souffle de l'épique mais un souffle court car les enjeux thématiques sont faibles, malgré ce qu'en pense mon camarade – « En fait Soledad et Leonor sont les deux faces d'une même femme. » Et à mesure que l'ennui s'installe, tout me paraît kitsch : l'amoureuse séduite et abandonnée, l'enfant arraché à sa mère, la riche méchante, l'amant en quête de rédemption, les cœurs purs et les âmes haineuses, les rideaux rouges, les chevaux blancs, les dialogues qui se donnent des faux airs d'alexandrins. Au troisième épisode je quitte discrètement mon fauteuil pour laisser Léo en découdre seul avec la péripétie.

Mais, après tout, qu'importe ce que je pense de sa DOÑA LEONOR. Durant ces heures-là, le ressentiment ne l'habite plus. Il redevient le candide Léo que j'ai connu et je devine l'enfant qu'il a été, solitaire, peu enclin à la camaraderie des jeux de rue, reclus dans ses pensées, prêt à saisir le premier tapis volant qui passe pour se laisser transporter dans des univers qu'il serait bien incapable de concevoir seul, mais où il pourrait élire domicile sans en informer quiconque.

*

Cependant les trêves sont de plus en plus courtes. À nouveau pèse une ambiance de guerre froide, une guerre dirigée contre lui-même et dont je ne suis que le bouc émissaire. Le plus souvent, j'imagine un dialogue intérieur qui a mal tourné, une controverse entre ses hémifaces droite et gauche, Léo qui rit *versus* Léo qui pleure. Au début, tous deux ont débattu de bonne foi mais bien vite les souvenirs amers sont revenus en surface et les coups bas ont fusé. J'en sais plus quand il lâche :

— Parfois je me dis que tout ça, c'était écrit.

C'était écrit. Comment ne pas céder à la tentation de voir dans ce qui nous a meurtris non un inacceptable accident mais un dessein supérieur, indéchiffrable aujourd'hui mais dont l'évidence s'imposera une fois l'épreuve surmontée. Car que nous reste-t-il dans l'arsenal de la raison pour repousser l'épouvantable spectre du mauvais hasard sinon l'idée de destin ? Et pourquoi ne pas saisir l'opportunité de s'interroger sur celui qui justement a *écrit* ? Pourquoi ne pas crier : « L'auteur ! L'auteur ! » comme jadis dans les théâtres, pour l'applaudir ou le siffler ?

Or Léo est catégorique : « s'Il existe, on ne peut laisser impuni un Créateur capable d'écrire cette putain de tragédie en trois actes que je suis en train de vivre sans qu'Il daigne en écrire un quatrième ! Où tout se dénoue ! Suivi d'un épilogue réconciliateur ! Car en l'état, il n'y a ni métaphore ni parabole, ça n'est ni du Shakespeare ni du

Racine, c'est nul, sans style, sans nécessité, sans morale, sans issue. Dieu, dramaturge à la con!» Il ajoute avec un aplomb déconcertant que dans DOÑA LEONOR l'arbitraire n'a aucune place car tout événement qui s'y produit s'avère tôt ou tard d'une absolue légitimité. «Quand Alvaro Santander est fait prisonnier par une tribu indienne, on l'exhibe dans une cage, on vient le visiter comme au zoo. Et puis un matin il trouve la porte de sa cage ouverte et il s'enfuit. Une facilité? Non, les Indiens l'ont relâché parce que désormais le diable blanc ne fait plus peur, inutile de le tuer, on y perdrait son âme, alors qu'il aille vivre sa vie de diable blanc ailleurs, loin de la tribu.» Léo se voit-il comme un sage Indien? Un diable blanc? Un prisonnier dans sa cage? Lui seul le sait et dorénavant je m'en fous car je comprends que son engouement pour DOÑA LEONOR est non un joyeux dérivatif à sa patho- logie mais un effet pervers de celle-ci. Par-delà un classique et salutaire effet cathartique, s'opère un minutieux travail de recoupements entre son his- toire personnelle et les enjeux dramatiques d'une fiction, une nouvelle grille de lecture des épreuves qu'il traverse, un processus inconscient visant à rendre son injustice concevable une fois passée par le filtre du conte. Ô comme il ressent à la fois les désirs contrariés d'Alvaro et le sentiment d'abandon de Leonor, tout comme il reconnaît dans les desseins pernicieux de l'odieux Enrique son propre besoin de vengeance. L'abnégation de Jemma, son dévouement à des inconnus, auquel

Léo n'aurait pas cru dans la vie réelle, questionne ce qui lui reste d'humanité. Autant de révélations rendues possibles grâce à une proximité, patiemment tissée au fil des épisodes, avec des personnages dont il entrevoit maintenant le fonctionnement intime, les projets secrets, les contradictions. Le voilà embarqué avec eux dans un récit-fleuve, sans limite de temps – la fin de cette saison ? la suivante ? –, et cette durée, qui crée une illusion de pérennité, agit comme un cocon protecteur. De surcroît, un produit comme DOÑA LEONOR, n'ayant pas la prétention de faire œuvre, n'exige ni références ni déférence et affranchit de tout devoir critique, son seul but étant d'absorber le spectateur dans un tourbillon romanesque. Et si l'on y ajoute le solennel de la nuit, qui gomme les aspérités du réel, l'épopée intérieure peut commencer.

Vingt et une heures sonnent. Le voilà à nouveau plongé dans ce XIXᵉ siècle d'apparat, aux mœurs compassées, aux psychologies binaires, attendant qu'un énième rebondissement, kitsch quoi qu'il en dise, donne du sens et fasse écho. De fait, il n'est plus présent dans la pièce, il est déjà loin, dans un territoire où seuls se retrouvent ceux qui, où qu'ils soient sur terre, ont les yeux rivés sur cette Doña Leonor, partageant les mêmes émotions, les mêmes attentes. Tout un peuple.

*

Le matin, pour vérifier que le fil ténu qui le relie au monde matériel n'est pas rompu, je lui pose des questions purement factuelles – «On est bien mardi, non? Tu sais où j'ai rangé la confiture?» –, auxquelles j'obtiens des réponses de plus en plus inquiétantes. Il passe d'un assoupissement prolongé à un état de veille fébrile sans parvenir à un point médian, signe qu'il prend ses médicaments en dépit du bon sens. À moins que les pilules blanches et les gélules jaunes, dissoutes dans son fiel, ne soient dorénavant inefficaces. Quand je veux m'en assurer avec d'infinies précautions oratoires, il me crache au visage: «Voilà bien une préoccupation de Cruz!»

J'apprends par ce biais que j'appartiens à la famille des «Cruz», des nantis du Nouveau-Mexique venus placer leur fille folle dans le foyer pour femmes en détresse fondé par Jemma et Alvy Stanton. Être un Cruz est un état d'esprit, pragmatique, terre à terre, un Cruz ne se pose que les questions qui l'arrangent, un Cruz a la hantise de l'échec, un Cruz trace bien droit la ligne de partage entre bien et mal. Les Cruz sont de ceux qui pensent qu'il suffit d'arriver le premier pour être le meilleur. Un Cruz est sûr de savoir ce qu'est la folie et comment s'en débarrasser.

Quand je pense que sur mes étagères sont rangés deux cent cinquante longs métrages! La quintessence du septième art! Des films-mondes! Tous à portée de main! Et lui, sans daigner y jeter un regard, me bassine avec son feuilleton débile ! J'y vois un mépris qui m'indigne plus encore que de me faire traiter de Cruz. Il rétorque que le mépris est de mon côté : je crois avoir tout compris à DOÑA LEONOR et je ne lui laisse aucune chance de me surprendre. «Que sais-tu de l'adversité ?» Je n'ai pas voix au chapitre, car je n'ai pas souffert comme il souffre, ou comme Doña Leonor a souffert.

Je le croyais en sécurité de l'autre côté du miroir. Il y est en danger. Il va s'y perdre et ne plus jamais retrouver le chemin du retour. C'est là que résident les démons. À vouloir les affronter, il ne triomphera pas.

*

Dans mon lit, un ordinateur sur les genoux, connecté à des sites de médecine psychiatrique, je m'étourdis de terminologie : *bouffée délirante, altération de la perception du réel, délire onirique,* lequel peut survenir à la suite d'un violent choc affectif. *Le sujet, absorbé par des illusions d'ordre visuel, peut participer à l'action, interpeller certains personnages ou fuir un danger imaginaire.* Je mélange tout et tout me renvoie à Léo. Je mesure pour la première fois ma responsabilité en l'hébergeant ici au lieu de le renvoyer en clinique. Au risque de passer à nouveau pour un Cruz, j'ose aborder la question avec lui. *Une clinique…?* Non, sa place n'est plus dans une clinique toute blanche mais dans un trou noir pour s'y faire oublier.

Désormais il se sent bien plus proche d'un Alvaro Santander que de moi, qui cristallise toutes ses détestations : je suis les autres, je suis la normalité, je suis le présent. Le réel est fait pour des gens comme moi, qui ne le remettent jamais en question. Seuls les fous, les poètes et les alcooliques ne s'en accommodent pas.

*

Le point de rupture est atteint quand il insinue que je ne peux rien comprendre à ce qui lui arrive puisque je fais partie des 99 999 épargnés par les aléas thérapeutiques. Je lui crie à la figure que partout dans le monde on souffre, on hurle, on pourrit de l'intérieur, on est soufflé par des déflagrations, on est broyé par l'Histoire en marche, on agonise, on saigne, on crève, « alors arrête de nous faire chier avec ta gueule de travers ! ». Sa vie n'est pas en danger, ses agences de photos lui envoient régulièrement de l'argent et, qui sait, il lui reste l'espoir de voir lentement le mal se résorber. Et qu'il cesse, nom de Dieu, de rabâcher les formidables gâchis de l'espèce humaine ! La belle affaire que de prendre conscience de l'état du monde uniquement quand le malheur frappe !

*

J'ai ouvert la porte sans maugréer une parole d'excuse ni cacher mon malaise de devoir en arriver là. J'ai attendu qu'ils sortent, lui, ses doutes, ses crises, son fiel, comme on expulse le venin d'une plaie avant qu'il ne gagne le reste du corps. Il a lu dans mon regard l'abattement, la tristesse, la pitié aussi, une sale petite pitié. Une fois la porte close, j'ai poussé un long soupir, épuisé par ces quarante et un jours de combat contre la douleur et la folie. J'ai regardé par l'œilleton pour m'assurer de son départ. Puis, caché derrière le rideau du salon, j'ai guetté par la fenêtre sa silhouette sur le trottoir, anxieux à l'idée de le voir faire demi-tour pour me supplier de lui rendre son coin de canapé.

Et je l'ai vu, son sac pendant au bout du bras, incapable de décider du mouvement suivant : tourner le coin de la rue, héler un taxi, s'asseoir au bord du trottoir, se jeter dans la Seine. J'ai vu un homme vidé de toute émotion car, après la souffrance, son cœur épuisé a atteint un parfait état d'indifférence.

Le remords me gagne ; mon appartement était sans doute la dernière station avant la rue, et le danger est réel de le voir abdiquer le peu d'amour-propre qui lui reste. Mais le soutien d'un ami ne l'aidera plus à surmonter son mal ni à chercher une issue.

Allez Léo, fais un pas. Vers la gauche, la droite, ou même droit devant. Trouve la suite tout seul. Il y a sans doute quelque part, et plus proche que tu ne l'imagines, une porte dérobée, un coin secret, connu de toi seul, où nulle agression d'aucune sorte ne saura t'atteindre.

Ce pas, il finit par le faire. Une décision vient d'être prise. Il quitte doucement le décor.

J'ouvre toutes les fenêtres pour évacuer l'air vicié des rancœurs, les siennes et les miennes. Je nettoie le salon avec des produits décapants, passe l'aspirateur dans les moindres recoins. Ce n'est pas du ménage mais de l'exorcisme. Enfin seul, dans cet appartement aseptisé, je comprends la vraie raison qui m'a poussé à mettre Léo dehors.

Car parmi toutes les angoisses qu'il a suscitées en moi, dont celle de le retrouver pendu ou de me faire égorger dans la nuit, il y en a une plus sourde et plus pernicieuse. À l'entendre décrire avec tant de conviction ce monde contrefait et sans espoir, j'ai fini par me demander si c'était bien lui, le délirant. Ou si, tout à l'inverse, il n'était pas, lui, en personne, cet état du monde, son cynisme et son désenchantement.

La fin de saison approche.

En bas, sur le boulevard, on flâne, on s'attarde. Un rayon de lumière dorée s'obstine. La nuit patiente encore. C'est mai. Même dans la chambre obscure, où le temps n'a guère de prise – matin ou soir ? mardi ou dimanche ? juillet ou novembre ? –, un cycle se termine. À l'écran, les intrigues glissent vers leur résolution, les personnages ont rendez-vous avec eux-mêmes et nul ne sait s'ils reviendront. Et parmi eux, Richard de Biase et son alter ego de misère, Rich le sans-abri. L'homme tantôt roi, tantôt gueux.

Il erre dans l'aube glacée du plus dur des hivers. Un groupe de types qui parlent une langue inconnue, installés autour d'un brasero, se serrent pour lui faire une place. Instant silencieux où des hommes dans l'impossibilité de communiquer par la parole partagent un bien universel : le feu.

En fin de journée, Homeless Rich fait la manche en lisant une vieille édition de *L'étrange cas du docteur Jekyll et de Mr Hyde* de Stevenson, trouvée au hasard de ses fouilles. Il aborde le passage où le bon docteur Jekyll s'apprête à boire la potion qui va faire de lui l'odieux Mr Hyde.

> J'éprouvai les tourments les plus affreux : un broiement dans les os, une nausée mortelle, et une agonie de l'âme. Je me sentis, dès le premier souffle de ma vie nouvelle, plus méchant, dix fois plus méchant, livré en esclavage à mes mauvais instincts originels.

À travers ces lignes, Rich ne peut s'empêcher d'interroger sa propre dualité. L'étrange cas du docteur de Biase et de mister Rich. Au fond, est-il le premier, qui règne sur un empire, ou le second, qui subsiste grâce aux poubelles de ce même empire ? Et lequel, de l'élu ou du déchu, abrite ces « mauvais instincts originels » ?

Quelle n'est pas sa surprise quand il réalise quelques pages plus loin que Stevenson lui-même avait anticipé l'avènement d'un Rich/Richard.

> D'autres viendront après moi, qui me dépasseront dans cette voie, et j'ose avancer l'hypothèse que l'on découvrira finalement que l'homme est formé d'une véritable confédération de citoyens multiformes, hétérogènes et indépendants.

Le voilà tout déconcerté, comme s'il réalisait soudain que sa plongée dans le monde d'en bas n'était pas le fruit d'une longue négociation avec lui-même mais d'une prédiction, celle d'un écrivain visionnaire, mort il y a plus d'un siècle.

— Avec ta flûte de Pan tu saurais me jouer le thème du film *Il était une fois en Amérique*?

Un jeune homme lui fait miroiter un billet de cinq dollars, pas moins. Hélas, Rich ne connaît pas l'air et le regrette bien car ce billet calmerait sa faim avec un beignet et le réchaufferait avec un café, sans doute son seul repas de la journée.

— Si tu ne sais pas jouer cet air-là, c'est que tu ne sais pas jouer de la flûte de Pan.

— Alors disons que je ne sais pas jouer de la flûte de Pan.

Le passant et le mendiant se défient du regard.

L'homme chiffonne le billet et le jette à terre.

Rich, saisi par le mépris contenu dans ce geste, ne le ramasse pas.

— Ne fais pas le fier, mon gars. Tu penses encore avoir un peu de dignité? Et que ta dignité vaut plus de cinq dollars? Tu sais comme moi que dès que j'aurai tourné le coin de la rue tu vas te ruer dessus.

Ne le ramasse pas, Rich! pense très fort Léo.

Non, Rich ne donnera pas raison à ce fumier. Plutôt déchirer ces cinq dollars ou les offrir à un autre crève-la-faim, voilà qui aurait du panache.

Mais déjà tombe sur Manhattan une nuit de givre qui s'annonce interminable.

Il souffle sur ses doigts pour les réchauffer.

Un café?

Juste un café…

S'il ramassait ce billet, nul ne le verrait, nul ne le saurait, nul ne le lui reprocherait.

Tiens bon ! Ne donne pas raison au fumier !

Tenir ?

Jusqu'à demain ?

Qui de nos jours peut répondre au mépris par le mépris, à part un Richard de Biase ? Homeless Rich en a-t-il les moyens ? Il y a encore dix minutes il aurait peut-être maîtrisé sa faim, mais elle vire à la torture quand la délivrance est à portée de main. Le combat intérieur du bien et du mal lui paraît tout à coup caduc, comme toute question d'ordre moral sitôt qu'on est prêt à sacrifier sa dignité pour se nourrir.

S'il résiste à la tentation de se servir du livre comme combustible pour se réchauffer, c'est afin de savoir qui l'emporte de Jekyll ou de Hyde. Il replonge dans sa lecture pour tenter de s'extraire, un temps, de sa détresse.

> J'éprouvai les tourments les plus affreux : un broiement dans les os, une nausée mortelle, et une agonie de l'âme.

Mais Rich n'est plus capable de résistance. Il est sa peau qui frissonne, ses membres qui grelottent, son estomac ouvert comme une béance.

Il se voûte, ses traits se crispent, son affaiblissement se transforme en colère, il grogne après un passant qui l'ignore.

Je me sentis, dès le premier souffle de ma vie nouvelle, plus méchant, dix fois plus méchant, livré en esclavage à mes mauvais instincts originels.

Un présage lui vient : bientôt la terre épuisée, souillée, ne nourrira plus une humanité où chacun luttera pour sa propre survie. Les hommes de bonne volonté seront impuissants à faire cesser les absurdités et les disparités du vieux monde par le consensus et la solidarité. Des légions d'affamés vont se lever pour s'affranchir d'une poignée d'affameurs. Ce jour-là, Richard de Biase, livré à lui-même, privé de son luxe, de ses domestiques, de son garde du corps, ne tiendra pas deux minutes dehors. Rich, lui, survivra. Et c'est peut-être la raison pour laquelle il a été créé.

Richard de Biase ne ramasse pas le billet. Rich, si.

*

Aujourd'hui, Martina Barán va mourir.

Aucun événement ne l'annonce et pourtant Léo en a la conviction. L'héroïne de LA OTRA n'attendra pas la fin de la saison, elle va laisser tout le monde en plan. Inutile de se suicider, la mort viendra d'elle-même. C'est la mort des gens sans histoire, même pas celle de la maladie. C'est la mort qui fait dire à la famille, aux voisins, aux amis : « Pourtant, tout allait si bien. » C'est la mort de ceux qui ont perdu confiance. Ou de ceux qui ne l'ont jamais connue. C'est le cœur qui lâche.

Dans un supermarché, elle pose sur le tapis roulant de la caisse un pot de gelée d'orange, son seul article. Sur le parking, derrière son volant, elle ne peut résister à l'envie de la goûter, du bout du doigt. Puis elle appelle sa fille pour lui demander de ramener le kärcher afin que son père puisse désherber entre les dalles du perron. À peine a-t-elle mis le contact que, prise d'un malaise, elle s'affaisse sur le siège passager, une main sur la poitrine. Les yeux écarquillés, elle voit défiler pêle-mêle des moments de sa vie.

Dans un hamac, elle caresse une reinette posée sur son torse.

Elle s'enferme dans les toilettes d'un train pour pleurer.

Elle insulte sage-femme et infirmière tant elle souffre durant son accouchement.

Ivre et hilare, dans un bar, elle met le feu au journal qu'un type lit, tranquillement accoudé au comptoir.

Elle porte sur son dos sa mère pour traverser une rivière à gué.

À flanc de colline, elle fait l'amour avec un homme. Ils sont nus.

Dans son cabinet, un médecin lui précise qu'elle a encore du temps avant de prendre une décision.

Dans une salle de cinéma qui projette *La dolce vita*, elle crie à tue-tête : Marcello ! Marcello !

Elle se marie dans une église vide.

Dans un chinatown, elle s'évanouit devant un homme qui découpe un requin.

Dans un gymnase, des filles montent à la corde, excepté elle, paralysée, qui pend au bout de la sienne, à ras du sol.

Dans la grande roue d'une fête foraine, une femme s'est blottie contre elle.

Devant le miroir de sa chambre, elle choisit une perruque blond platine parmi cinq autres, sur des présentoirs.

Elle court comme une désespérée après une ambulance, sirène hurlante.

Dans un karaoké, elle chante *What a Wonderful World* de Louis Armstrong.

Et elle meurt.

*

Sans son passage dans la chambre obscure, où se nouent et se dénouent tant d'intrigues amoureuses, jamais il n'aurait mesuré à quel point son histoire avec Angélique était irrésolue, inachevée, en souffrance d'une suite, comme la fin d'une saison appelle aussitôt la suivante. Du reste, quand il se remémore leur rencontre, dans un train, à l'époque où il enquêtait pour la SNCF, elle ressemble au début d'une fiction tant elle est romanesque. Or non, il l'a bel et bien vécue dans le réel, qui sait lui aussi prendre tout le monde de court. N'en déplaise à Harold, on trouve encore des héroïnes romantiques.

Il se revoit longer le quai de la gare de Saint-Nazaire, direction Paris. Avant le départ, il sort de sa sacoche une liasse d'imprimés qu'il distribue çà et là sur les tablettes. Chaque voyageur est un corps étranger pour son voisin, avec lequel il va falloir cohabiter jusqu'à destination. La plupart sont déjà affairés, d'autres se laisseront absorber par le défilement du paysage, d'autres encore tromperont l'ennui en répondant au questionnaire posé devant eux. Léo croise le regard d'une jeune femme au visage d'une rare douceur, troublant de naturel, un vrai livre ouvert ; avec son chignon décoiffé et son trait d'eye-liner elle semble sortir d'un film des années 60. Pour la première fois depuis qu'il passe ses journées sur le rail, Léo se verrait bien comme un passager dans la vie de cette passagère.

Toutefois, adresser la parole à une inconnue lui paraît insurmontable, moins par timidité que par crainte de se montrer intrusif. Certes elle lui a souri mais n'est-ce pas dans sa nature profonde ? Il faut trouver une entrée en matière à la fois intrigante et drôle, mais voilà bien un talent qu'il n'a pas. Il en a confirmation deux heures plus tard : le train décélère déjà et sa phrase d'accroche n'en est toujours qu'à *Bonjour mademoiselle.* Il est temps d'agir au risque du ridicule. Mais la fille a disparu ! Il parcourt chaque voiture, grimpe sur les plateformes supérieures, où est-elle passée bon Dieu ?!

Du haut d'un marchepied, Léo scrute en vain le flot de voyageurs qui se déverse sur le quai de la gare Montparnasse. Une voix préenregistrée lance au loin : *Assurez-vous de n'avoir rien oublié*

161

dans le train… Autant se faire une raison, ça n'était ni l'heure ni le lieu, si la rencontre avait dû se faire elle se serait faite, etc.

Or l'inconnue a pris soin de laisser en évidence son formulaire SNCF. Elle n'a répondu qu'à une seule question :

À quelle fréquence faites-vous ce trajet ? (même origine, même destination)

☐ Tous les jours
☐ Au moins une fois par semaine
☐ Plusieurs fois par mois
☑ Autre : *Tous les 15 du mois, je prends le Paris/Saint-Nazaire de 9 h 20, mais avant je vais boire un café au bistrot « La Consigne », face à la gare Montparnasse.*

*

Une facette en verre s'est brisée au sol. Tous l'ont pris comme un signe. Le dôme leur fait part de son épuisement. La mosaïque de lumière perd de son éclat et le vent s'engouffre. Mr Melnick se dévoue pour balayer les débris pendant que s'ouvre la séance : un revenant vient de prendre la parole.

— Depuis ma dernière visite ici, j'ai pris une cuite qui laissera une trace indélébile sur le reste de mon existence. Et quand je dis une trace indélébile, faut l'entendre dans tous les sens du terme…

Allan ouvre les pans de sa chemise pour exhiber un large tatouage qui lui barre le torse.

ℵ②☿♀

Miss Owen laisse échapper un *Wo putain!*.

Chaque caractère, tatoué à l'encre noire, est gros comme le poing. L'ensemble épouse la courbe des pectoraux.

— Un soir, des copains de chantier me proposent de les suivre dans un bar qui diffuse la finale du Super Bowl sur grand écran. Je sais que l'endroit est dangereux pour moi mais je me sens capable d'assister au match en ne buvant que du soda. Vous imaginez la suite…

Tous acquiescent, pas fiers.

— Dès la première bière, je me sens minable de foutre en l'air quarante-cinq jours d'abstinence. Je m'en veux de vous trahir, tous ici. Au quatrième whisky, je me fiche de vous et du reste, je suis passé de l'autre côté. Le match nous rend fous, on échange les tournées, et puis… le trou noir… Plus aucun souvenir du bar, du match, de rien… J'ai repris connaissance le lendemain, vers quinze heures, chez moi.

On assiste à son réveil, le visage écrasé contre l'accoudoir d'un vieux canapé. Il se prend la tête dans les mains.

— Vous connaissez comme moi cette douleur physique que provoque la honte. On a juste envie d'un coup de masse sur le crâne tant on a honte de ce qu'on est, de ce qu'on a peut-être fait, peut-être dit... Ce trou noir dans lequel on se réveille, c'est nous. Nous sommes ce trou noir.

Face au miroir de la salle de bains, il aperçoit de fines traces rouges qui parcourent son débardeur. Et découvre avec effroi un large pansement perlé de sang, qu'il arrache.

Ѫ②ↃⲨ

— Soudain, plus de gueule de bois, plus de honte... La terreur est telle qu'on se demande quelle monstruosité on a pu commettre dans la nuit pour être ainsi marqué au fer. Comme nous tous, je suis parfois sorti du coma éthylique dans des environnements inquiétants, sur un tas de charbon, au bord d'une rivière ou dans un char de carnaval, mais se réveiller avec un rébus cabalistique sur le buffet, je ne le souhaite pas au pire des pourris ! On se demande si ces putains de caractères ne sont pas les stigmates du diable en personne...

Torse nu devant un ordinateur, il fait des recherches sur les mystérieux signes.

— Le premier, dit « grand Yus », issu de l'alphabet cyrillique, est désormais inusité. Il y a aussi un 2 encerclé, un Q majuscule couché, et la voyelle grecque upsilon, ancêtre du Y, que le philosophe Pythagore voyait comme le symbole d'un chemin aux sentiers qui bifurquent entre vice et vertu... Les quatre sont issus de contextes différents, linguistique, étymologique ou mathématique, et n'ont a priori rien à faire ensemble.

Maureen se passe la main sous la gorge comme si elle-même était tatouée.

— Je suis retourné dans le bar où le serveur m'a raconté qu'après le match les copains sont rentrés, et que moi j'ai picolé seul jusqu'à la fermeture. Nul ne sait ce que j'ai fait par la suite.

— Tu as essayé de faire la tournée des tatoueurs ? demande Bill.

— Tu sais combien il y en a à Philadelphie ? Quarante et un, dont une bonne moitié ouverts la nuit.

Il visite une à une les officines. Les signes sur son torse n'évoquent aucun motif connu. Après deux jours de recherches, un tatoueur le reconnaît enfin.

— Il m'a dit que je suis arrivé seul, vers les quatre heures du mat, avec une serviette en papier où était griffonné le motif que je voulais à tout prix qu'on me grave sur le poitrail. Il m'a répondu qu'il ne tatouait jamais les gens bourrés, mais j'ai tellement insisté, j'ai même fait parler le billet vert, qu'il a fini par céder... Qui sait d'où je tenais ce papier, qui sait combien d'illuminés j'ai pu rencontrer pendant la nuit. Ou bien c'est moi qui suis tombé devant ce motif, quelque part en ville, sur une affiche ou ailleurs, et je l'ai retranscrit. Je ne connaîtrai sans doute jamais la vérité.

— Il y a forcément quelqu'un sur terre qui peut te dire ce que signifient ces putains d'inscriptions !

— Vous imaginez bien que je l'ai cherché, celui-là...

Allan montre son torse à un vieil érudit, dans un bureau aux murs recouverts de livres.

Puis à un prêtre, dans son église.

Puis à un rabbin.

Puis à un moine bouddhiste.

— J'ai interrogé des sémiologues, des linguistes, des francs-maçons, des cabalistes, des nécromanciens, des astrologues, et même un exorciste…

Chaque spécialiste consulté secoue la tête, impuissant à la vue du tatouage. Certains le prennent en photo.

— Aucun ne m'a apporté de réponse. Tous ont admis que l'assemblage de ces quatre caractères créait un sens, mais lequel?

Allan retombe dans l'ivrognerie. Chaque soir il grimpe sur des comptoirs de bars et arrache son tee-shirt pour montrer son buste à un public en liesse. Chaque matin il vérifie si son tatouage n'a pas mystérieusement disparu, comme au sortir d'un cauchemar. Il est bon pour recommencer son show le soir venu.

— Mais un jour, je me suis réveillé et… quelque chose avait changé…

Allan ouvre les yeux, sur son canapé. Contre toute attente, l'épouvante ne l'habite plus.

— Cette combinaison de symboles dont personne ne connaissait la signification n'était pas là par hasard. Ce mystère que personne ne résoudrait jamais, j'en étais le porteur. Peut-être avais-je, gravée en moi, une formule qui ouvrait les portes de la spiritualité. Peut-être qu'une puissance supérieure avait fait de moi un messager de chair et de sang. Peut-être que cette quête de sens avait donné un sens à ma présence sur terre.

Allan se baigne dans une crique. Il sort de l'eau comme d'un bain originel. Purifié.

— Peut-être que je parcourais le chemin inverse de tous ces peuples dits primitifs qui, après avoir connu la colonisation, l'évangélisation, après avoir perdu leurs idoles, leur culture et leurs croyances, après que la science et le savoir les ont affranchis du mystère de leur vie, se sont mis à boire.

Recueillement, sous le dôme.

— Je ne ressens plus aucun besoin de m'étourdir. Quelque chose de plus fort que moi veille sur moi. Je suis une énigme vivante. Je ne suis pas le messager. Je suis le message.

Avant de s'en aller, il ajoute :

— Vous tous ici êtes mes amis. Je ne doute pas que, d'une manière ou d'une autre, vous trouverez l'apaisement. Mais sachez que si un jour mon message est décrypté vous serez, au monde, les tout premiers informés.

*

À quoi bon un nouveau décor ? N'en a-t-il pas découvert assez ? Il est sur le point d'éteindre le projecteur mais ce paysage-là s'impose pour une raison inconnue : une prairie constellée de touches violettes dues à un parterre d'agapanthes écloses. Au loin, un château fort. Au premier plan, une femme porte une camisole blanche, un gilet à lacets, une jupe bouffante, une cape, et quantité de petites bourses en cuir à la ceinture. Mais Léo refuse d'en apprendre plus sur elle, il n'a plus de place pour accueillir de nouveaux personnages, connaître leurs desseins, partager leurs ambitions. Il la fige par un arrêt sur image et comprend soudain pourquoi ce paysage le trouble à ce point.

Le château. Ses tours, l'une carrée l'autre ronde, sa courtine délabrée, une montagne en arrière-plan.

Il y était.

Il ne sait pas où ni quand mais il l'a photographié.

Il ferme les yeux pour que le fil de son intuition remonte le temps…

Une voiture de location, rouge. Un chemin bordé de conifères, de la brume…

C'est le château de Boldogkő, au nord-est de la Hongrie. Depuis la tour de guet, il avait pris un cliché qui avait servi pour la couverture d'un roman médiéval.

Ce château existait dans sa mémoire bien avant de devenir un décor de fiction. Léo, à la croisée de deux mondes, celui qui le constitue et celui qu'il découvre, les voit enfin se rejoindre.

*

L'incarnation du mal absolu est enfin trouvée ! La série s'intitule : CORRUPTOR.

Au XIXᵉ siècle, à l'avènement de l'ère industrielle, celui que l'on surnomme «l'acheteur de lois» soudoie des politiques, orchestre des coups d'État, déplace des peuples autochtones, acquiert leurs terres à vil prix, détourne des cours d'eau, favorise la déforestation ou la décimation d'une espèce animale, comme il s'emploie à faire régresser les maigres acquis sociaux et les rares mesures de santé publique de l'époque. Sa mission : veiller à ce que les Lumières perdent chaque jour du terrain sur l'horreur économique.

Son plaisir suprême est de corrompre les idéalistes non par l'argent, mais en leur permettant d'assouvir un désir profond, plus fort que le souci du bien commun. Et la liste des pots-de-vin est incroyable. Maints lobbyistes de l'ère moderne voient en lui leur figure de proue et s'inspirent de son enseignement.

Mais, à peine décerné, le titre de «mal absolu» est déjà remis en lice. Léo n'est pas curieux du prochain lauréat. Le jeu l'a lassé, il n'aura pas de fin.

*

L'heure est venue d'abandonner Harold Cordell à son sort, comme on le fait quand un ami s'obstine à ne rien voir, à ne rien entendre. Assister à ses égarements, c'est s'en faire le complice.

Mais Harold, lui, se moque bien d'être lâché de toutes parts. Qu'importe si Lena l'a laissé tomber, si son psy l'a jeté dehors, si Conrad le déteste. Quel besoin a-t-il de se faire aimer quand ses lecteurs se sont manifestés vingt années durant pour lui dire à leur façon « merci » ? Ses tiroirs débordent de lettres pleines de confidences, de souvenirs, de requêtes et de vœux. N'a-t-il pas tissé avec cent mille anonymes un lien bien plus puissant que n'importe quelle amitié, n'importe quelle histoire d'amour ? Que serait-il devenu sans leur soutien, leur fidélité, leur reconnaissance ? Ne lui ont-ils pas, tous autant qu'ils sont, sauvé la vie ?

Chapitre 17

Nous étions si pauvres que, quand nous voulions jouer aux osselets, il nous fallait tuer un chien.

Une prestigieuse librairie accueille deux écrivains en dédicace, Harold Cordell et Anthony Farber, lequel est attendu par des dizaines de fans. « Bon courage ! » lance-t-il à Harold, qui y voit, sous couvert de camaraderie, l'arrogance du boxeur comptant bien gagner par K.-O.

La suite ne fait que confirmer : la foule se presse du côté Farber.

À sa table, personne.

Où sont-ils, tous ces lecteurs qui hier encore te reprochaient de ne pas écrire assez vite ? Voilà la prophétie de Lena réalisée, Harold. Tu as besoin d'autres confirmations ?

Harold refuse d'y croire. Il doit bien avoir une

explication pour qu'on l'ignore à ce point… Pour se donner une contenance, il feuillette une revue qui tient la chronique du milieu littéraire – le seul, selon lui, où l'on ne décèle aucune trace de littérature. Le sort de *The Fat Dancer of Dresden*, tout juste paru, est réglé en une phrase : « Harold Cordell ne prend même plus la peine d'écrire, il se contente de se gratter la tête et de vendre ce qu'il a sous les ongles. » Puis il tombe sur une double page consacrée à son rival qui enchaîne les dédicaces, Anthony Farber, dont les romans, tous des best-sellers, impressionnent Harold par la pertinence de leur message : le partage vaut mieux que l'exclusion, il faut croire en ses rêves, nos différences sont une chance et nos faiblesses sont des forces, etc. Fils d'un industriel et d'une essayiste, c'est finalement maman qui l'emporte en transmettant à son fils *le goût du récit* et de *la parole engagée*. Harold est consterné ! Si lui-même avait eu à choisir entre les aciéries de papa et le goût du récit, il n'aurait pas hésité un instant : il serait riche aujourd'hui, et moins angoissé qu'il ne l'est par sa vie d'écrivain.

Quel enfant étais-tu ? As-tu seulement été enfant ? Combien de profs as-tu usés par ton indifférence ? D'où te vient cette imagination frénétique dont on est censé se débarrasser à l'âge adulte ?

Harold se revoit, trente-cinq ans plus tôt, dans un lycée en préfabriqué aux murs rongés par l'humidité, dans une banlieue de Londres. Au fond de la classe, il s'est constitué un camp retranché entre l'armoire à fournitures, la mappemonde et le projecteur de diapositives. Le prof d'histoire annonce une interrogation surprise et écrit au tableau : *Henry VIII et la Réforme*.

Pendant que ses camarades râlent, ouvrent un manuel en douce ou lorgnent vers le voisin, Harold se lance.

LES MOLLETS D'HENRY VIII

Henry VIII nous a précipités dans l'ère protestante afin d'avoir un héritier, répudiant ici ou décapitant là ses six femmes, incapables de le lui donner. Mais on oublie sa seule véritable passion, à la fois sa fierté et l'objet de tant d'angoisses : ses mollets. Des mollets de cavalier qui suscitaient l'admiration des peintres. Des mollets bien plus galbés, disait-il, que ceux de François Ier. Des mollets qui bientôt ne supporteront plus ses 178 kilos, des mollets de goutteux, purulents et ulcérés, qui révulseront les femmes allongées à ses côtés et qui feront de lui, comme si les tumeurs lui étaient remontées au cœur et au cerveau, un monstre sanguinaire. Sans l'obsession du roi pour cette partie-là de son anatomie, l'histoire de l'Angleterre aurait été tout autre.

PARTIE 1. UN COQUELET SUR SES ERGOTS.

Son sac sur l'épaule, il se dirige vers une barre de HLM, croisant sur son passage des gosses qui jouent avec un ballon crevé, et des dealers qui attendent que les gosses cessent de s'intéresser à leur ballon crevé. Dans un appartement en désordre, son père est devant la télé, sa mère derrière ses casseroles. Dans la chambre qu'il partage avec son frère aîné, Harold tape sur sa machine à écrire. Francis se penche derrière son épaule pour lire.

— Ça fait moche sur le côté droit…

— Qu'est-ce que tu veux dire ?

— Dans les vrais livres, les lignes s'arrêtent au même endroit en bout de page, ça dépasse pas. Les tiennes c'est le bordel, y en a pas deux de la même longueur.

La remarque de son frère plonge Harold dans un abîme de réflexion qui lui coupe toute inspiration.

La nuit, il travaille, crayon en main, à la lueur d'une lampe de chevet, un dictionnaire des synonymes ouvert à ses côtés. Il va devoir réécrire tout son début de roman, provisoirement intitulé *A Tale Told by an Idiot*.

— Qu'est-ce que tu fous ! râle Francis dans un demi-sommeil.

— Tu avais raison. Mes lignes doivent toutes se terminer au même endroit comme dans un vrai livre. Pour ça, il faut que je change certains mots quand ils sont trop courts ou trop longs.

— …?

— Par exemple, si on prend la phrase : *Nos parents étaient si misérables que, lorsque mon frère et moi on voulait jouer aux osselets, il fallait qu'on attrape un chien errant et qu'on l'abatte.* Il suffit de remplacer *Nos parents* par *Nous*, préférer *pauvres* à *misérables, quand* à *lorsque,* alléger *il fallait qu'on tue* en *il nous fallait tuer,* supprimer le *errant* et le verbe *attraper* qui ne servent à rien, et les deux lignes s'arrêtent pile au bord de la page. *Nous étions si pauvres que, quand nous voulions jouer aux osselets, il nous fallait tuer un chien.* Comme quoi on peut nuancer une phrase à l'infini, suffit de choisir les mots.

— Si tu me réveilles encore une fois, pas besoin de choisir les mots, je te casse la tête.

Avant de replonger dans le sommeil, il précise :

— Et puis, c'était pas un chien…

Retour dans la librairie, où Harold reste pathétiquement seul, le stylo inutile en main. En attendant sa rencontre avec « Tony » Farber, une adolescente au regard blasé saisit un exemplaire de *Deleatur*.

— C'est vous qui avez écrit ce film ?!

— Non, j'ai écrit le roman dont il a été tiré.

— C'est bien dans ce film qu'il y a un gars qui vend des bouts de son passé pour s'acheter des points de survie ? Ou un truc comme ça ?

Harold aimerait la retenir à sa table, non pour lui fourguer un exemplaire mais pour donner un sens à sa présence ici.

— Pour moi c'est plutôt l'histoire d'un type qui pense être le héros de sa propre vie, mais s'aperçoit en cours de route qu'il n'existe pas, qu'il n'est même pas né. Et c'est justement quand il le réalise pleinement qu'il vient au monde.

Elle repose le volume et reprend sa place dans le rang. Harold se revoit à l'âge de la jeune fille, quand il devient urgent pour lui de trouver un job en attendant que ses manuscrits intéressent un éditeur. Son père pourrait le faire embaucher dans son usine, une de celles qui auraient pu appartenir à Mr Farber père. Mais il préfère tenter sa chance dans la presse écrite afin d'en apprendre sur les fracas du monde tout en aiguisant sa plume. Il fait le tour des rédactions et se vend comme il peut, il est prêt à assurer les permanences et les astreintes, son niveau de culture générale est tout à fait décent et il tape trente mots à la minute. Partout on lui laisse entendre que sans un diplôme de journalisme aucun espoir n'est permis. Déception du jeune homme qui n'aura jamais le premier sou pour s'inscrire où que ce soit.

De guerre lasse, il pénètre dans un bâtiment vétuste dont la façade est taguée d'insultes et de graffitis pornographiques; c'est le siège du tabloïd local, le *New Examiner*, de sinistre réputation. Dans la salle de rédaction aux murs jaunis par la crasse et le tabac sont affichées quelques unes du journal : *Député Mc Dougall : la sex tape*, ou *L'écorcheur de Nottingham avait un jumeau*. Harold s'adresse à un type qui mange un sandwich face à son clavier.

— Je n'ai pas fait d'école de journalisme mais écrire est ma passion. Je considère que la presse libre est le fer de lance d'une démocratie, j'ai lu la Charte internationale des devoirs du journaliste, et je…

— Tu t'y connais en astrologie ?

— …?

— L'horoscope et toutes ces conneries ?

— Bien sûr ! s'exclame-t-il, prêt à tout pour obtenir un job.

— Et les tests psychologiques ?

— … ?

— Chaque semaine on publie un test du genre : *Êtes-vous enfin prêt(e) pour l'adultère ?* Réponse a, b ou c. Tu te sens capable de les pondre ?

— Ça doit pas être si…

— T'as rien contre les rébus ?

Trois mois plus tard, Harold possède son propre bureau au *New Examiner*. Le voilà payé pour faire ce qui le passionne le plus au monde. Outre les rubriques récréatives de fin de journal, il est chargé, à partir d'une accroche du type : « Pris de folie, il se jette dans la fosse aux ours », de recréer le passé du malheureux, de commenter les raisons de son geste, de justifier le choix d'un kodiak ombrageux plutôt que d'un lion, de décrire leur combat jusqu'à son épilogue tragique. Il sait rendre ses élucubrations crédibles, faire oublier le sensationnel au profit de l'humain, et gagner la capacité d'empathie du lecteur plutôt que son appétence de sordide.

C'est ici que naît le style Cordell.

— Harry, ma femme adore tes horoscopes, lui lance un collègue, mais je ne comprends pas pourquoi tu te fais autant chier. Le type avant toi il écrivait : *Vierges, surveillez votre intestin*, et basta !

Harold lui dit combien cette rubrique lui est chère. C'est l'écrivain en lui qui s'y exprime.

L'amateur d'horoscopes, a priori tenté par l'idée de destin, a parfois besoin de quelques mots choisis pour faire un pas de côté dans un quotidien usé par la monotonie. Harold, messager des astres, s'amuse à aider le hasard, et seul un tabloïd dépourvu de toute éthique journalistique lui en offre la possibilité. À ce jour, si seulement dix pour cent des lecteurs ont fait confiance à leur prédiction astrale, huit mille d'entre eux ont rencontré quelqu'un, ou se sont débarrassés d'un fâcheux, ou se sont réconciliés après une rupture. Aucun écrivain au monde ne peut prétendre avoir bousculé autant de vies.

La secrétaire de rédaction dépose sur le bureau d'Harold un plein carton de courrier des lecteurs. Il est chargé d'en sélectionner trois et de leur répondre dans les colonnes. Un inépuisable geyser de révélations, de délations, de divagations, de prophéties apocalyptiques, de théories complotistes. C'est là qu'Harold mesure à quel point l'imagination humaine est frénétique et dangereuse, hallucinée, immorale, diabolique et déchirante. Ses romans à venir en garderont la trace.

Il est de retour dans sa cité, où les enfants jouent toujours avec un ballon crevé, où les dealers ne se cachent toujours pas. Dans son appartement, il tend à son père le tout dernier numéro du *New Examiner*. Sa mère, derrière ses casseroles, lui lance :

— Y a une lettre pour toi, Harry !

Il se décompose en lisant l'adresse de l'expéditeur : *Boonekamp Editeur*. Dans sa chambre, il s'assoit au bord du lit, la lettre en main, sans oser l'ouvrir.

Côté salon, son père est particulièrement absorbé par la page de l'horoscope.

Hommes natifs du Bélier, premier décan, faites un geste envers la femme qui partage votre vie, surtout les natives du Scorpion, même si après tant d'années il vous arrive de l'oublier derrière ses casseroles.

— Dis, je suis bien Bélier premier décan?
— Oui.
— Et toi t'es bien Scorpion?
— … Et alors?

Dans sa chambre, Harold n'ose toujours pas ouvrir son courrier. Sa mère passe la tête par la porte.

— Je ne sais pas quelle mouche a piqué ton père mais il veut absolument m'inviter à dîner au restaurant… Y a du poulet dans le frigo.

Dans un état second, Harold n'a rien entendu. Il respire un grand coup, déchire l'enveloppe et lit.

Puis se penche à la fenêtre pour pousser un hurlement de joie qui retentit dans toute la cité.

Anthony Farber, sollicité de toutes parts, pose avec ses lectrices, fait risette aux bambins. Il est presque en rupture de stock quand une assistante vient assurer un réassort. Il jette un œil vers Harold Cordell, toujours aussi seul, et lui lance:

— C'est pas la taille de la pile qui compte !

Harold fait semblant d'apprécier son mot. Il ne l'a jamais autant haï qu'à cet instant.

À sa façon, Farber n'a-t-il pas raison de lui montrer la sortie ? L'heure n'est-elle pas venue de raccrocher les gants ? Peut-être Harold a-t-il déjà tout dit. Peut-être aurait-il dû écrire, avant de tirer sa révérence, cette histoire d'amour dont Lena aurait été fière. Subversive et radieuse à la fois, aux antipodes des stupidités conformistes d'un Farber. Mais sans doute n'y a-t-il plus de place pour ce roman-là.

Il quitte discrètement son siège. Ni le public, ni les libraires, ni son rival ne remarquent son départ.

Au-dehors, il semble s'interroger sur la direction à prendre.

Une marée de passants pressés le submerge et l'entraîne avec elle.

Léo a le cœur serré ; il s'agit là de vrais adieux.

Reviens Harold ! Bats-toi, bordel ! Rappelle-leur qui est Harold Cordell !

Il aurait voulu une autre fin, plus flamboyante, plus cordellienne. Pourquoi n'a-t-il pas cassé la gueule de Farber, quitte à faire la une du *New Examiner*, ce qui aurait bouclé la boucle. *Duel littéraire : un blessé grave.* Mais qui aurait su décrire ce combat-là avec un peu de morgue, sinon Harold lui-même ? Et pourquoi n'a-t-il pas provoqué un de ces déluges dantesques, comme il en a tant décrit, assez fort pour engloutir la civilisation entière, son vieux rêve ?

Harold n'en a plus le pouvoir. Dans une seconde il aura définitivement tourné le coin de la rue.

L'ayant vu naître à l'image, Léo a le droit de choisir celle qu'il gardera de l'écrivain, comme il l'avait fait pour les maîtres florentins de RENAISSANCE. En repensant aux précédents chapitres de la vie d'Harold Cordell, il n'a que l'embarras du choix.

Il revoit cette jeune fille qui passe une petite annonce dans le journal pour retrouver un garçon qui l'a chavirée : *Tu lisais un roman de Cordell à la station All Saints, vendredi 21, vers 15 heures.*

Il revoit sur le réfrigérateur d'Harold des photos de bébés, tous baptisés du nom d'un de ses personnages de roman : Lil, Dario, Hollie, Julius.

Il revoit ce détenu qui, après avoir lu *In cauda venenum*, écrit à Harold une lettre où il lui promet de «tenir le coup».

Il revoit ce ministre qui remet à Harold un prix littéraire et dit dans son discours : «Il n'y a que deux types de lecteurs au monde : ceux qui aiment Harold Cordell, et ceux qui ne l'ont pas encore lu.»

Il revoit la toute première scène du tout premier épisode, quand Harold va visiter Lena à l'hôpital. Il ne sait pas que c'est la dernière fois. Elle si.

Et puis, après tout, qu'importe l'image que Léo gardera d'Harold. Autant le laisser quitter la chambre obscure, comme il va bientôt quitter sa mémoire.

Depuis que Léo nous a faussé compagnie, il nous arrive de nous voir, Angélique et moi, le temps d'un verre ou d'un dîner en ville. Sans être amis, nous tenons à ce rendez-vous qui obéit à un rituel implicite ; chacun prend des nouvelles de l'autre sur un ton badin dépourvu d'une réelle curiosité, en attendant qu'un troisième convive s'invite à la table, notre Léo d'antan. Ni elle ni moi ne disposant d'élément nouveau, nous reconnaissons tous deux que pas un jour ne s'écoule sans que le cher disparu surgisse dans nos pensées. Nous évoquons une ou deux anecdotes, rebattues mais toujours savoureuses. Bien vite le souvenir du vrai Léo s'estompe et nos imaginations prennent le relais.

Au début nous échangions des hypothèses plausibles sur sa disparition : il s'est réfugié dans un gîte pour convalescents dont il n'a donné l'adresse à personne, préférant affronter des regards inconnus plutôt que les nôtres ; peut-être est-il déjà guéri, à la fois de sa rancune et de sa ptôse palpébrale, et prêt pour un retour triomphant. Mais, depuis peu, seules nous intéressent nos hypothèses extravagantes, comme l'a été sa façon de s'exclure sans daigner nous en informer. Chacun en profite pour revisiter certains détails auxquels nous n'avions pas accordé d'importance à l'époque mais qui aujourd'hui pourraient nourrir nos scénarios. « Ne m'a-t-il pas dit un jour qu'il *finirait comme photographe de mariages* car, même si Paris était rayé de la carte, on s'y marierait toujours ? » De son côté, Angélique se souvient de l'avoir entendu citer le Viêt Nam comme le seul pays où il vivrait volontiers hormis le sien. De là à l'imaginer photographe de mariages à Hanoï il n'y a qu'un pas, que nous franchissons volontiers. Autre supposition : sans le sou, il a repris ses enquêtes SNCF et passe ses journées entières dans les trains, ses nuits dans des gares de triage. Nous ne négligeons pas l'intrigue policière : à cause d'une photo compromettante prise par hasard, Léo a été kidnappé par le crime organisé qui ne le relâchera pas tant qu'ils n'auront pas les négatifs. Entre autres élucubrations j'en avance deux : Léo vit à San Diego, en Californie, où il s'occupe d'un foyer pour femmes en difficulté, créé jadis par un certain Alvaro Santander. À moins qu'il ne soit présentement à Tolède, à la recherche de la sépulture d'une Doña Leonor, morte en 1781. Angélique se demande où je vais chercher tout ça.

Au moment de nous séparer, le ton redevient solennel ; selon elle, il ne fait aucun doute que

Léo reviendra tôt ou tard, une fois obtenues les réponses que seule une retraite radicale lui permet d'explorer. En l'écoutant, une autre certitude m'apparaît : sa conviction et sa confiance sont celles d'une femme qui n'a jamais cessé de l'aimer.

Il est cependant des retombées de *l'affaire Léo* – notre fait divers bien à nous – que je ne peux partager avec elle. La disparition de notre ami et les fantasmes qu'elle suscite ont réactivé en moi une mécanique onirique laissée en souffrance depuis trop longtemps, comme ils ont comblé un besoin de romanesque inassouvi depuis l'enfance. En l'absence de héros, j'ai fait de Léo un héros de l'absence. Cette énigme ravive ma capacité d'étonnement et nourrit mes rêveries. La crise qu'il traversait, que j'ai tôt fait d'évacuer du seul mot de *dépression*, cachait une révolution violente mais nécessaire à qui aspire à une renaissance. Chaque être en rupture interroge le monde et remet en question ses lois, un travail dont je me suis affranchi à l'âge d'homme, acceptant l'ordre des choses comme une philosophie de l'expérience. Aujourd'hui j'assume cette part non élucidée qui me constitue, plus vaste et passionnante que mes tristes certitudes et mes principes moraux ; à mon tour de m'y aventurer avant que d'être un vieillard tout surpris de découvrir à l'heure du bilan qu'on lui a menti depuis le premier jour, que le savoir ne lui a rien appris, et qu'à tant obéir aux injonctions de son époque il a oublié ses propres désirs.

Au loin, j'entends Léo me dire : *Il m'a fallu faire sans vous, faites sans moi désormais.* Ceci est son legs. À quoi bon disparaître si ceux qui restent se contentent de rester ?

Cependant, où qu'il soit, je sais qu'il ne nous a pas abandonnés. S'il m'en fallait la preuve, elle m'a été donnée hier. En sortant de notre bistrot, Angélique et moi tombons sur un panneau publicitaire représentant une route de montagne enneigée, déserte, avec au sol des empreintes de pneus. On devine que la voiture poursuit son chemin en toute sécurité grâce aux « Premiums Rain & Snow ».

Angélique, ébahie, se fige au pied de cette montagne lumineuse plantée au milieu de l'avenue. Plus qu'une réminiscence, c'est un signe envoyé par celui que nous n'avons cessé d'évoquer tout au long de la soirée, comme s'il avait voulu saluer nos efforts.

— Léo et moi allions passer Noël chez mes parents dans leur chalet de Haute-Savoie. Je conduisais, pas rassurée à cause de la neige, lui somnolait, quand tout à coup il m'a demandé d'arrêter la voiture. Il est sorti, son appareil en main. Au lieu de photographier l'immensité du panorama, une chaîne de montagnes toute blanche, il a fait le point sur des traces au sol. Quand je lui ai demandé pourquoi, il m'a répondu : *Parce que ce sont elles qui disent tout.*

Va te faire foutre, Harold.

Jusqu'ici, les caprices et les humeurs du sieur Cordell passaient pour des bizarreries d'écrivain en pleine exploration de ses névroses à des fins littéraires. Léo lui a pardonné sa lâcheté, son hypocrisie, ses mesquineries, il a salué son insolence et envié sa désinvolture, il a même pris peur en le voyant répandre sa hargne face à tant d'ennemis imaginaires. En fait Harold lui a menti depuis le début en se présentant comme un poète égaré dans une triste Babylone, car à tant dénoncer le cynisme généralisé il s'en est fait le chantre. Mais ce que Léo ne peut lui pardonner c'est de n'avoir rien compris au cadeau d'une tendresse inouïe que lui a fait Lena avant de mourir. En lui proposant d'écrire la seule histoire d'amour que personne d'autre n'écrirait à sa place, c'était sa façon à elle de lui dire : *Écris la nôtre, Harry.* De lui dire aussi : *Grâce à toi je peux survivre dans un livre.* Or ce funeste crétin, après lui avoir refusé l'enfant qu'elle désirait, laisse échapper cette dernière chance de retrouver leur lien fusionnel. Qui n'aurait pas aimé savoir comment deux êtres aussi opposés qu'Harold Cordell et Lena Fawkes s'étaient rencontrés, comment la solaire avait fait alliance avec le crépusculaire, comment ils avaient cru pouvoir s'éloigner l'un de l'autre et comment ils s'étaient retrouvés, à la toute fin. *Tu ne la méritais pas!* C'est à se demander si le vrai personnage de CHAPTERS n'est pas Lena, disparue dès l'épisode pilote, car c'est elle qui aurait dû avoir sa propre série, la femme de l'écrivain, qui se contente d'habiter le monde sans se prétendre habitée par lui. *Va te faire foutre, Harold.*

Et Maureen? Sait-elle combien son public s'est lassé? Jack, Bill, Carmen, Miss Owen, Twice, Mr Melnick, et Léo, sans doute le moins indulgent parce que le plus jaloux. Maureen, sa fée vénéneuse, sa vicieuse innocente. Il avait cristallisé en elle ses plus obscènes désirs et concevait fort mal que des dépravés s'autorisent à la cueillir dans un bar et à l'abandonner, fanée, sur un parking.

— Justement pas cette fois-ci! Je ne suis pas tombée sur un tocard!

Certes elle a couché avec un inconnu qu'elle ne reverra peut-être plus, mais celui-là restera un magnifique souvenir. Jeune, beau, baraqué, d'ailleurs c'est un sportif de niveau national de passage à Philadelphie, mais elle refuse d'en dire plus pour préserver l'anonymat de son bien-aimé champion. Il fêtait sa victoire, hier, avec son équipe, dans une boîte de nuit, et leurs yeux se sont croisés, dit-elle, car oui, toute Maureen qu'elle est, elle peut encore attirer le regard d'un type jeune, beau et célèbre.

— Je l'ai laissé libre de me recontacter s'il le souhaitait. Et je sais que tôt ou tard il le fera.

— À ta place, je compterais pas trop dessus, Maureen.

Et Bill, un œil sur son smartphone, ajoute :

— C'est honnête de ta part de vouloir préserver son anonymat, mais lui n'a pas tant de scrupules. Ton gars, c'est Jerry Latimer, le quarterback des Redskins de Washington. Leur tradition, quand ils gagnent un match en extérieur, c'est de se taper une fille du coin et d'échanger ensuite les photos sur Instagram. Ils appellent ça un *touch down*.

Il tend son téléphone pour montrer une photo de Maureen, la bouteille à la main, le soutien-gorge de travers. On comprend que les jeunes et beaux footballeurs se sont lancés dans un ignoble concours. On peut lire des commentaires dans un coin du cliché : *Quel score, Jerry !*

Consternation, sous le dôme comme dans la chambre obscure. *Quarante-sept épisodes et on en est toujours là ?! Pourquoi ne pas la laisser crever comme elle l'entend, dans une décharge ?! Et vous autres, incapables pochards, assis sur vos chaises dans ce hangar sinistre, vous vous pensez meilleurs qu'elle ? Vous êtes lamentables, sans dignité, des losers qui puent la résignation et le whisky bas de gamme ! Heureusement qu'il vous reste la honte, le dernier sentiment qui vous relie à l'espèce humaine, car c'est elle qui vous force à fouiller dans les décombres de votre orgueil !*

— Vous voulez savoir pourquoi je continue de me taper tous ces affreux ?

Oh oui, surprends-nous, Maureen, y a-t-il une autre raison que le besoin d'avilissement ? Et ce pour expier on ne sait quelle faute dont on se fiche bien ?

— Parce qu'après m'être vautrée dans tous ces sales draps, ces lits miteux, ces motels misérables, ces arrière-cours de bars, ces toilettes de stations-service, ces locaux à poubelles, je me dis que si un seul de ces gars décidait de rester, je ne regretterais rien de ce que j'ai subi, parce que c'était la seule façon d'arriver jusqu'à lui.

Continue à le chercher, pauvre gourde ! Toi aussi, va te faire foutre, puisque ça t'est si facile, mais hors de ma vue !

Et qui voilà ? Homeless Rich ? Il déambule dans la nuit la haine au cœur. Où qu'il porte son regard, il ne voit que bassesse. Une limousine avec chauffeur s'arrête à un feu rouge, avec à l'arrière un homme qui se sert un verre tout en téléphonant, le nœud de cravate desserré. Un de Biase ni plus ni moins arrogant qu'un autre. Rich passe la tête par la fenêtre et lui crache dessus. Un peu plus loin, dans une impasse, il avise une poignée d'hommes hirsutes qui s'invectivent. Lui qui d'habitude calme les tensions et arbitre les différends se jette dans la bagarre avec encore plus de rage que les autres.

Rich est devenu fou. Coincé entre deux mondes sans plus savoir auquel il appartient. *Tu paies, Rich. Tu paies pour avoir transgressé la frontière ultime.* Car une fois tous les marchés remportés, tous les empires bâtis, que lui restait-il à conquérir sinon le dernier territoire inexploré ? Richard a créé Rich, son double dissident, pour atteindre un degré de conscience inaccessible au commun des mortels. Qui d'autre au monde a tenté l'expérience de l'altérité absolue ? Qui s'est confronté à l'étranger en lui ? Qui est descendu dans les bas-fonds de sa psyché au risque de prendre un coup de couteau ? Qui d'autre a souffert à la fois du mépris pour la plèbe et de la haine contre les profiteurs ? Qui a mesuré sa propre mesquinerie, sa tolérance au sordide, son aptitude à la violence, sa capacité de résistance ? Qui, hormis lui, connaît la part du prince et du mendiant qui nous constituent ?

Mais tant de révélations ont un prix. Quel savant fou n'a-t-il pas vu un jour sa créature se retourner contre lui ? Voilà Rich et Richard renvoyés dos à dos comme des entités concurrentes, l'une ne devant sa survie qu'à la mort de l'autre. Et Léo l'abandonne là, dans une ruelle, rossé et laissé pour mort sur un tas de gravats.

Il a beau triturer ses télécommandes à la recherche d'un univers où s'abandonner en confiance, il ne rencontre que trouble et violence. Aucun espoir de paix derrière le miroir ! Tous aussi tordus que Maureen et Harold Cordell ! Aussi paumés que Richard de Biase ! Tous artisans de leur propre malheur ! Comme cette fille qui se gargarise de mots plus grands qu'elle : *sacrifice*, *rédemption*, rien que ça ! Ou ce type qui, tout à l'inverse, tait fort ses sentiments pour bien les faire entendre! Sont-ils si purs qu'un simple aveu les trahirait? Ou cet autre, qui chérit tant l'idée de fatalité! Pourquoi ce besoin de sublime? Et lui? Se venger ou mourir? Vraiment? Crois-tu que l'adversité grandit? Et toi, à quoi te sert ta rhétorique impeccable si tu préfères rester inconsolable? Et puis, mystère entre tous: pourquoi s'obstiner à faire des choix qu'on sait mauvais? Comme Cécile Gagliardi, désignée pour vivre notre rêve à tous: jouir d'une seconde vie en tenant compte des erreurs de la première. Passer du brouillon au chef-d'œuvre. Jusqu'aujourd'hui elle avait choisi d'explorer les voies de la sérénité, de savourer ses sensations, de porter une main secourable à ceux qui le désiraient et de fuir les autres. Et voilà que le hasard – mais qui pourrait croire à pareil hasard! – remet sur sa route Damien Belvaux de sinistre mémoire, le ténébreux flic, authentiquement sauvage et raisonnablement corrompu, surnommé *Belva*, le fauve, par ses ennemis comme par ses amis. Les femmes se donnaient et se damnaient, et parmi elles Cécile qui, après tant de vexations subies, de nuits de veille, de tromperies et de crises, avait réussi à faire de lui un père, le temps d'un été, avant qu'il ne reparte en guerre, sa seule passion. Et aujourd'hui, à un coin de rue, le diable ressurgit, sa beauté intacte, ses poses de voyou, ses feulements de prédateur. Cécile lutte pour ne pas le rejoindre. Son esprit refuse mais son corps est aimanté.

Ta première vie ne t'a donc rien appris! Retomber pour ce fumier?! C'est à désespérer de l'humain! Tu serais prête à piétiner tes fleurs et à brûler tes livres pour ce connard?!

Elle hésite, terrifiée, excitée.

Ne fais pas ça, Cécile! Passe ton chemin! Suis le tien! Prouve-moi que rien n'est irréversible! Dis-moi qu'on peut changer!

Elle n'hésite plus et… fonce tout droit vers lui!

Tu as été meurtrie dans ta chair et tu en redemandes? Tu n'as pas même l'excuse de l'ingénue amoureuse, tu sais déjà tout! Qu'est-ce que tu espères, misérable idiote? Une réminiscence qui le foudroierait sur place en te voyant? Et ne pense pas que cette fois sera différente: ce sera pire! Alors pourquoi, nom de Dieu? Donne une seule raison pour expliquer cette catastrophe annoncée! À sa vue vibre en toi le souvenir de votre enfant, ta Juliette? Ou bien quoi? Cette douleur qu'il t'infligera te fera vivre plus fort que toutes tes philosophies du beau et du vrai? Ou quoi? La figure du Christ ayant fait long feu, tu veux devenir l'incarnation sur terre de la passion humaine? Beau projet, crétine! Comment? Le sauver à nouveau de lui-même? L'infirmière de la Croix-Rouge secourant le grand blessé sur le champ de bataille? Toi, Cécile? C'est la langueur qui te manque? Ce délicieux poison qui vaut mille messages d'apaisement? Ne veux-tu pas donner sa chance à un autre qui saura te chérir jour après jour jusqu'au dernier? Alors vas-y, rejoins-le ton cher bourreau. Tu

as gâché notre rêve de seconde chance. C'est là ta
plus grande faute.

Il la chasse de l'écran mais tout le peuple hologramme se tient prêt à la remplacer, une armée
de personnages éthérés et vains, prêts à fourguer
leurs sentiments virtuels, leurs émotions immaté-
rielles, leurs désirs désincarnés. Léo voudrait tous
les exclure à la fois mais, après les avoir tant
invités, ils sont maintenant chez eux. Et il est, lui,
l'otage de la chambre obscure.

Est-ce la nuit ? L'aube ?

Est-ce un songe qui revient sans cesse comme s'il commandait d'être vécu ?

Un épisode inédit de la vie de Léo, le tout dernier avant la fin de la saison ?

Ou un état de lucidité parfaite, entre veille et sommeil, où tout s'imbrique enfin et se répare ?

Est-ce un délire qui délivre le message que l'on attendait ?

Ou un instant de mélancolie pure, quand désir et souvenir ne font qu'un ?

Le voilà perdu dans un dédale de rues étroites comme des couloirs. Tous les croisements se ressemblent. Personne à qui demander son chemin. Serait-il le seul à s'être égaré ici ? Il devine le brouhaha d'un jardin où des familles pique-niquent, des joggeurs courent, des femmes lisent et bronzent, tout un petit monde qui s'active autour des aires de jeux, des fontaines, des buvettes. Pas moyen d'y accéder : soit on ne veut pas de lui, soit sa destination est tout autre. Il s'adosse un instant à un mur, mais aucune brique n'étant scellée, il s'écroule à terre. Quelle est cette ville, pas finie, pas solide, aux cloisons perméables? Par la brèche qu'il vient d'ouvrir, lui parviennent des chuchotements qui lui redonnent espoir; il se retrouve au milieu d'une petite place où est planté un brasero autour duquel sont assis une poignée de vagabonds. Ils s'interrompent, furieux d'avoir été découverts. Léo contient sa peur d'un affrontement violent, tente d'établir le contact en diverses langues. En fait, ces hommes ont plus peur que lui. Eux aussi sont perdus. Résignés, ils se sont installés là, sur cette placette, en groupe, à la chaleur du brasero, il y a pire. Ils lui proposent de se joindre à eux mais Léo préfère tenter sa chance dans le dédale.

Voilà qu'une douleur sourde dans la mâchoire ajoute à son état de confusion. C'est le moment qu'a choisi sa dent de sagesse pour se rappeler à lui. D'habitude il s'en accommode, mais cette fois elle tombe bien mal, au moment même où il a besoin de toute sa concentration pour trouver une issue à ce labyrinthe. Il erre encore un moment, une main sur la joue, et, miracle, il tombe sur une plaque: *Docteur Guilloux, chirurgien-dentiste*. Une promesse de délivrance qui le soulage déjà. Tout va aller mieux maintenant.

À l'accueil, une assistante compatissante lui trouve une place sans rendez-vous. Léo la remarque à peine tant le lancement dans la dent accapare son attention. Le voilà sur le fauteuil du praticien qui décide de procéder à l'extraction séance tenante. Léo essaie de négocier : ne peut-on juste le soulager, le temps de poursuivre sa route ? Après tout, cette gêne, très occasionnelle et peu envahissante, ne risque aucune aggravation, et en temps normal il sait la maintenir à distance. Le Dr Guilloux est catégorique et son assistante approuve : le moment est venu de se débarrasser de cette dent ! Incapable de se rebeller, Léo tente de refouler ses pensées irrationnelles : n'est-il pas entre les mains de professionnels qui savent mieux que lui ce qui est bon pour lui ? L'autorité qu'ils affichent n'est-elle pas la garantie même de leur sérieux et de leur bonne foi ?

Mais, au lieu de se sentir pris en charge et bientôt délivré, Léo pressent un inévitable accident. Il voudrait dire son angoisse, obéir à son instinct qui lui dicte de fuir. Afin de retrouver son calme et de se vider l'esprit, il regarde par la fenêtre, le dehors, les nuages, les immeubles en face, mais ses efforts sont réduits à néant quand le dentiste saisit une seringue que Léo imagine pleine d'un poison foudroyant. Il s'accroche aux accoudoirs comme dans un avion agité de turbulences. L'impact est imminent. Seul un impératif de force équivalente parviendrait à contredire ce désastre annoncé.

Tout à coup Léo repousse le bras du docteur car il vient de discerner au loin une scène bien plus dramatique que ce qui se joue ici : *Regardez !*

Il pointe du doigt l'immeuble en vis-à-vis. *Sur le balcon là-bas !*

Et, de fait, une petite chose gigote en équilibre sur une rambarde…

… Un bébé?

Oui, c'est un bébé, nom de Dieu! Léo ne se laisse pas le temps de la stupéfaction, il se rue dans l'escalier, bouscule les passants, court à s'en faire exploser le torse, repère l'entrée de l'immeuble. Mais trop tard…

L'enfant chute du quatrième étage…

Léo tend les bras vers le ciel.

Une minute plus tard un attroupement s'est formé autour de lui. On le regarde en héros. Une femme accourt, épouvantée. Léo lui rend l'enfant qu'il tient blotti contre lui. La joie intense d'avoir accompli un exploit et sauvé une vie agit comme une fièvre qui le purge de ses remords et de ses rancœurs. Le voilà prisonnier des bras d'une mère, éperdue de gratitude, bien décidée à ne pas laisser repartir le sauveteur de son fils sans avoir fait quelque chose pour lui. Elle parle avec un fort accent espagnol. Elle s'appelle Doña Leonor.

Demandez-moi tout ce que vous voulez.

Léo aimerait décrire la mélancolie qui l'étreint, étrange, intense et douce à la fois, presque apaisante, parce qu'elle porte en elle bien des convictions, celle d'appartenir à un lieu, d'y être attendu, et celle d'avoir parcouru la plus longue partie du chemin. *C'est le mal du pays*, dit Leonor, qui sait de quoi elle parle : si elle s'est rendue aux Amériques pour retrouver le père de son fils, au prix de terribles épreuves, c'était dans le but ultime et consolant, une fois sa mission accomplie, de retourner chez elle. *Tu n'as plus rien à faire ici, Léo.*

Quand il avoue combien il est démuni devant la route à emprunter, elle l'entraîne à son bras. Une pleine lune les éclaire, les murs s'espacent, les reliefs de la ville disparaissent. Ils traversent une forêt puis aboutissent dans une vaste clairière. Quand il lui demande comment elle parvient à s'orienter, elle désigne au sol deux rangées de photophores formant un long couloir rectiligne qui leur ouvre la route. Intarissable, elle raconte son épopée à travers le globe et s'égare dans des digressions tant son propre récit l'enchante. Soudain elle s'interrompt et pointe un doigt en l'air quand elle entend le ronronnement d'un moteur.

Un petit avion biréacteur se découpe dans les ténèbres et tente une approche.

Léo réalise soudain que les photophores à ses pieds sont en fait des balises d'atterrissage.

L'engin décrit une boucle et s'engage sur la piste, oscille un instant puis se pose avec délicatesse sans couper les moteurs.

Doña Leonor pousse Léo vers la passerelle qu'on vient de déplier à la porte arrière. Il s'accroche comme il peut durant le décollage puis tire un pan de rideau qui le sépare du reste de la carlingue. Il découvre avec stupeur qu'une fête bat son plein.

Une cohue de noceurs qui dansent, boivent, s'interpellent. Des cotillons jaillissent, des bouchons de champagne sautent sur fond de jazz des années 50. Le premier visage que Léo aperçoit est celui de Klaus Allenbach, le médecin-espion tiraillé entre son serment d'Hippocrate et son sens du devoir. Il bavarde avec Fiona Ashton, qui a lu trop de livres mais jamais les bons, et Nate Rosebury, qui visite les femmes retenues dans le couloir de la mort. Puis Léo reconnaît Floriane et Patrick, les amants adultères, pris dans un imbroglio affectif qui les comble et les meurtrit à la fois. Ils lui confient qu'après des mois de préparation ils vont enfin passer leur première et dernière nuit ensemble. Léo leur souhaite de trouver l'apaisement, avec ou sans l'autre. Il y a aussi Arnald le Viking, le courage à l'état pur, recousu de mille plaies, sauf celle ouverte par Kena, qui n'aime que les femmes ; il discute avec son parfait contraire, Gaëtan Marceau, l'homme qui n'a plus rien à craindre tant il a peur de tout. Dans un coin sont regroupés des hommes et des femmes en uniforme, tous employés au commissariat d'Ostina, dans le Latium, un théâtre permanent où se mêlent le drame ordinaire et la comédie humaine, le don de soi et le farniente, la probité et la corruption. Le bar est tenu par Erwan, fondateur de l'ébriologie, un domaine scientifique encore inexploré qui répertorie les différentes qualités d'ivresse et le breuvage pour y accéder. Quand il le voit confectionner un de ses redoutables cocktails, le *cosy-corner*, Léo se souvient tout à coup de Jonathan, l'homme qui traversait dans les clous, et avec lui de tous les intervenants qui un jour se sont égarés sous le dôme, dont Adrian, l'homme minéral,

Bernardo, l'imbibé inoxydable, Allan, le tatoué mystique, Paul Verdel, le héros de l'aéroport, chacun d'eux ayant eu le courage de dévoiler aux autres sa part d'ombre. Il croise Albine de Herst, l'herboriste officielle de la cour de Guillaume d'Orange, portant une plante en pot, le fameux *Taraxacum psiloteris*, aux propriétés magiques. Sont présents Joël et Sarah, l'aveugle et la sourde-muette, qui à eux deux en ont vu et entendu bien plus que toute personne valide. Près d'un hublot, le spationaute Frédéric et son homologue russe Aksana sont tout surpris d'être à bord d'un coucou, eux qui passent leur vie dans des stations orbitales à la recherche d'un nouvel Éden. Quand Cécile Gagliardi apparaît, Léo ne peut s'empêcher de lui dire combien il s'est inquiété de la voir succomber à celui qui l'avait tant fait souffrir dans sa première vie. Elle répond que, si elle avait encore cent vies à vivre, elle retomberait cent fois amoureuse de Damien Belvaux, et tant pis si personne ne le conçoit. Dans un coin salon, la voluptueuse Maï-Tram, qui sait si bien réparer les hommes, leur préfère ce soir la compagnie d'une autre femme, l'infortunée Lotte, bipolaire, qui a connu le calvaire d'être déchirée en deux. Alejandra, la chanteuse lyrique de LIEBESLIED, surnommée *La Jandra* dans le monde entier, a semble-t-il retrouvé la mémoire ; après les protestations d'usage, elle consent à chanter un air de *L'opéra de quat'sous* pour une poignée d'admirateurs. Plus loin sont regroupés une trentaine d'individus en costumes d'époque allant de l'homme des cavernes à l'homme moderne, tous présents dans la saison 2 de OLD SOUL, tous ayant abrité une seule et même âme, dont Léo a suivi chaque réincarnation ; parmi eux, un embaumeur de l'époque antique, un chevalier de la garde de Louis XI, un flibustier, un grognard de Napoléon, un missionnaire, un champion de pelote basque, un mathématicien décoré de la médaille Fields, jusqu'au dernier en date, actionnaire majoritaire d'une chaîne de fast-foods, qui n'a besoin de s'illustrer en rien. À proximité du cockpit, le redoutable Corruptor vient de subir le premier échec de sa carrière en tentant de soudoyer Little John, aux yeux translucides, qui ne voit que le meilleur chez l'autre. Léonard et Michel-Ange rient aux éclats ! Dieu aurait-il enfin réussi à les réunir ? Tom le vicieux, qui franchit les limites extrêmes de la morale pour que Léo n'ait plus à le faire, vient de nouer des amitiés avec les créatures lubriques de WILD SIDE. À un pas se trouvent l'homme de nulle part et la femme venue d'ailleurs, dont personne n'a envie de déranger le face-à-face. Seul dans son coin on trouve Bis, le robot qui persiste à vouloir sauver l'humanité malgré elle. Sont également présentes Brünnhilde, Waltraute, Grimgerde et leurs sœurs walkyries, héroïnes de WALHALLA, venues sur terre recueillir l'âme des braves, morts au champ d'honneur. Elles ont lié connaissance avec une escouade d'Indiens Séminoles, les CODE TALKERS, de sérieux candidats au paradis céleste. Au moment même où l'avion amorce sa descente, Léo a tout juste le temps de saluer Jonah, le malade incurable de DEAD MAN WALKING, dont la dernière ligne droite est une ode à la vie. Grâce à Dieu, il est encore des nôtres.

Avant de les quitter, il observe une dernière fois ces hommes, ces femmes, ces enfants, ces vieillards, tous mus par un furieux désir d'exister, surpris dans leur intimité par des spectateurs indiscrets, précipités dans des situations que nul n'est censé vivre, exceptionnels comme tout un chacun et humains comme personne.

À peine débarqué, Léo reconnaît sa terre.

Ici, tout lui est familier.

Il ouvre les yeux.

La chambre obscure ne l'est plus. Les rideaux occultants ont été remplacés par des voilages, la fenêtre est débarrassée de ses panneaux noirs. Les fantômes, effrayés par la lumière du dehors, s'en sont allés.

L'odeur de peinture s'estompera dès demain. Léo était tenu de repeindre en clair avant de rendre les clés du studio. Une nouvelle page à écrire pour les prochains locataires ; le nid d'amour d'un jeune couple qui s'inventera une bohème, une chambre d'étudiant recouverte de tableaux et de graphiques, la garçonnière d'un don Juan, un atelier d'artiste, une officine de comptable, un cabinet de psychanalyste, le pied-à-terre d'un résident d'outre-mer. Nul ne saura que cette pièce aura été, l'espace d'une saison, une cabine de téléportation, un imaginarium.

Les placards et le réfrigérateur sont vides, nettoyés, laissés ouverts. Léo s'est réservé pour la fin un dernier geste, curieux de ce qu'il va découvrir. Il ôte le papier journal scotché sur le miroir du lavabo. Et observe son reflet.

Son rictus s'est effacé. Ses traits ont repris leur conformité naturelle, hormis sa paupière droite qui tombe sans toutefois affecter sa vision. Ce regard-là, avec son accent aigu, sera désormais le sien.

Une fois dehors, sa première pensée va à «l'homme mort» qui, quand il quitte sa geôle de ténèbres, décide que tout mérite d'être observé. Une librairie dédiée au voyage, un mendiant absorbé par sa lecture, une chocolaterie, une femme qui retient sa jupe soulevée par le vent, un couple d'adolescents en pleine scène de ménage, des cloches qui marquent la demie, un sourire, un banc, des amis, la place du Panthéon, les ruelles du Marais, le Louvre. Rien n'a bougé, ou si peu. Le regard de l'homme mort s'atténue déjà. Léo craint de le perdre à jamais, quand plus rien ne vaut la peine d'être observé. Il marche tout le jour durant. La ville a allumé ses façades, ses réverbères, ses ponts. Soudain, au détour d'une ruelle, une image s'impose : un vieux bar aux néons bleutés où l'on distingue, comme des échantillons placés en vitrine, un client qui lit son journal avec une petite loupe, et une femme seule, perdue dans ses pensées. Léo se sait le pouvoir de figer cet instant à jamais, malgré son œil voilé. Il sait même combien il pourrait en tirer à son agence d'Osaka, qui raffole de ce Paris nocturne. Mais à quoi bon faire cette photo ? À l'inverse d'une Cécile Gagliardi, il n'éprouve aucune nostalgie de celui qu'il a été. Il préfère entrer dans le décor et s'installer au comptoir, aux couleurs ambrées, acajou et pur malt. Au barman qui agite un shaker il commande un *cosy-corner*.

— Un quoi ?

Jamais entendu parler, et Dieu sait si le barman connaît ses classiques. Il le prouve en brandissant le grand livre des cocktails, sa bible depuis l'obtention de son master à la Bartending School de Chicago.

— Je peux essayer de vous le faire si vous me dites ce qu'il y a dedans.

Ainsi donc le *cosy-corner* n'existe pas.

Pas plus que ceux qui ont goûté à son pouvoir de révélation.

Toute ressemblance avec des personnes existantes ou ayant existé est purement fortuite.

Alors pourquoi Léo se sent-il coupable d'avoir abandonné des compagnons dans la tourmente quand lui semble en être sorti ? Comment imaginer que Homeless Rich meure de n'avoir pas rencontré celle à qui présenter à la fois son Jekyll obscur et son Hyde solaire ? Comment accepter l'idée qu'Harold Cordell n'écrira jamais ce livre qui aurait pu le sauver de lui-même ? Que vont devenir ceux qu'il a oubliés sous un dôme qui prend l'eau ? Qui mieux que lui les a guettés, observés, encouragés, jalousés, condamnés et absous ? Cette poignée d'individus bancals, discordants, mais unis par le même infernal paradoxe : ce qui les tue les rend plus forts. Tous enracinés, et à jamais, dans sa mémoire. La plus précieuse, la plus puissante, la plus intime des chambres obscures.

Le plan d'accès à une société secrète doit être mémorisé afin de ne laisser aucune trace écrite. C'est du moins ce que les membres de ladite société se plaisent à penser afin de se donner des airs de conspirateurs. De fait, se diriger dans l'ancien port marchand de Philadelphie requiert un sérieux sens de l'orientation, son adresse officielle ayant changé dix fois au cours de son histoire, celle des derniers occupants en date étant : le dôme.

La séance a déjà commencé quand Léo s'assoit sur la seule chaise libre parmi la vingtaine disposées en cercle. L'heure est au recueillement. Mr Melnick est mort hier.

Il s'exprimait peu sur les heures les plus sombres de son alcoolisme, non par honte ou pudeur mais par modestie ; il disait avoir affronté durant ses crises de delirium des monstres dignes des pires films d'épouvante, créatures préhistoriques et rampantes, rongeurs répugnants, hydres et harpies, et les récits qu'il en tirait imposaient le respect aux autres piliers de bar, bien moins héroïques. Revenu vainqueur de sa croisade de l'horreur, il savait que la moindre molécule d'éthanol lui serait fatale, au point qu'une seule goutte d'eau de Cologne sur sa peau pouvait provoquer, disait-il, une grave rechute. A-t-il cédé tardivement à sa vieille tentation, plus forte que l'interdit suprême? Ou est-ce son organisme fatigué qui a décidé de faire payer sa dette à un bonhomme usé avant l'âge, sobre par nécessité mais nostalgique de ses fraternisations nocturnes avec une bouteille de rye? À quoi bon connaître le détail, à quoi bon s'en étonner, son histoire devait se terminer ainsi, et il en sera de même pour ceux ici qui s'obstinent à voir le concept d'abstinence comme une pure vue de l'esprit.

— Car j'ai un scoop pour vous : l'alcool tue ! lance Bill.

— Sans blague ?

— Rien que cette année aux États-Unis, 80 000 morts, fait Carmen.

— 80 001 avec Mr Melnick.

Tous aimeraient jouer la dérision mais le cœur n'y est plus. La disparition d'un seul a réveillé la mauvaise conscience de tous. Les voilà orphelins de leur doyen, le survivant, la valeur de référence. Même les totems finissent par s'effondrer. À croire que le tout-puissant dieu de la tempérance accepte le crédit mais n'oublie aucune addition. Une décision commune et tacite semble prise : le temps est venu de dissoudre le groupe de parole. Ils ne se reverront plus.

Léo remarque au sol des rais de lumière projetés par les facettes du dôme, créant un effet kaléidoscope quand le soleil perce à travers le rideau de nuages. Il l'a enfin sous les yeux, cette fameuse coupole de verre, vénérable et fragile, lézardée de partout, un diamant creux, qui bientôt n'abritera plus qu'une houle de poussière quand le vent s'y sera engouffré.

Les alcooliques non repentis vont devoir se débrouiller seuls. Certains vont en profiter pour quitter le bar tant qu'il est temps. D'autres y resteront vissés jusqu'au dernier verre. Tout va rentrer dans l'ordre et la morale sera sauve.

Léo comprend et respecte leur décision, cette séance sera la dernière. L'ombre de la mort aura eu raison de leur petite conjuration.

Toutefois il regrette qu'on lui laisse le dernier mot après tous ceux prononcés ici. Où sont passées leur faconde, leur ironie, leur véhémence ? C'est quoi ces regards affligés, mutiques, en deuil ? Indignes de ceux du dôme ! Vont-ils se quitter en laissant la grande faucheuse leur imposer un silence coupable ?

— Certes, l'alcool a tué des dizaines de milliers d'individus cette année…

On cherche d'où vient cette voix inconnue. Qui ajoute :

— … Mais combien en a-t-il fait naître ?

Léo, qui n'a rien raté de leurs réunions depuis la toute première, se souvient de moments que tous semblent avoir oubliés.

— Vous vous rappelez ce gars qui s'appelait

Buck, ou Chuck, un costaud qui travaillait dans une raffinerie offshore?

— Chuck Buchanan?

— Ici il avait raconté que pendant une mission sur une plateforme pétrolière en Alaska il s'était réveillé avec la gueule de bois auprès d'une fille qui parlait une langue inconnue.

— Elle était inuite, dit Bill. Maintenant ils ont un garçon, un petit Zengo.

— Et vous vous souvenez de Liz? poursuit Léo. Elle piquait des bouteilles dans le restaurant français où elle travaillait…

Comment oublier Liz? Elle était venue raconter comment elle s'était enfermée, armée d'un tire-bouchon, dans la cave de «Chez Pierre» qui venait d'engranger des caisses de grands crus classés en vue d'un symposium d'œnologie. Elle avait pris la cuite la plus chère du monde, au saint-estèphe 61, qui lui avait coûté un an de prison avec sursis. Une fois enceinte, elle s'était vue contrainte de choisir entre l'avortement et l'abstinence.

— Elle a appelé son gosse Corton, ajoute Jack.

— Et ce gars terrorisé, dit Léo, qui pleurnichait comme c'est pas permis parce que sa fiancée était sur le point d'accoucher?

Il disait n'avoir jamais voulu ce gosse. Il avait même prétendu que la fille l'avait saoulé à la tequila pour contourner l'étape de la capote. Dans ses pleurs, il fallait avant tout entendre l'angoisse de ne pas être à la hauteur des attentes d'un enfant. Léo se tourne vers Carmen:

— Tu lui avais ordonné de filer à la maternité séance tenante ! Un cri du cœur ! Il a été tellement sidéré par le ton de ta voix qu'il a obéi sans broncher…

— Depuis, ils en ont eu deux autres, confirme-t-elle. Et lui n'a jamais retouché à un verre.

— Songez au nombre de gosses qui doivent leur venue au monde à un shot de vodka ?

— Moi ! dit Alec. Je suis né jour pour jour neuf mois après le bal de promo 77 du lycée de mes parents…

— Songez à tous ces couples qui ne se seraient jamais parlé sans un verre dans le nez…

Les langues se délient. Chacun y va d'une anecdote.

— Songez à tous ceux qui sont passés à l'acte grâce au minibar !

On cite des prénoms d'enfants. Ben, Lili, Delroy, Ania, Aby…

Tous si vivants qu'on les voit courir dans l'entrepôt comme dans une cour de récréation.

L'animer de leurs rires et de leurs jeux.

Ils sont mille, heureux d'être ici-bas.

Ce sont eux qui auront le dernier mot.

Ce sont eux dont on se souviendra en repensant à cet édifice à l'abandon ayant abrité quelques années durant des âmes tourmentées qui, à leur manière, ont tant célébré la vie.

Un cortège chemine sur le quai vide. On se salue, on échange des numéros, on promet de se revoir ici ou là, pas forcément dans un bar.

Et soudain éclate un tonnerre de cristal.

Une détonation lumineuse.

De grandes orgues de verre jouent une mélodie intense et limpide, comme si tout le baccarat du monde avait explosé au même instant. La déflagration a créé un zénith de glace qui scintille un moment dans les airs puis répand jusqu'en ville une pluie translucide.

Le dôme n'est plus.

Léo cherche Maureen, sur le point de monter dans la voiture de Carmen qui a proposé de la ramener en ville. Qui sait ce que ce soir elle va faire de son corps et dans quel état elle va se réveiller demain. À la voir de près, Léo en est tout remué : il en faudrait si peu pour que son magnifique visage retrouve son éclat avant de s'éteindre tout à fait.

Il lui demande si parfois elle va à New York.

— Jamais, pourquoi ?

Il griffonne des adresses sur une page de carnet :

Angle Mulberry et Grand St., plutôt le matin.
Angle 52nd et 11th avenue, entre la sandwicherie
et le playground de basket, après 22 heures.
Le banc qui fait face à la boutique de jeans
« Canal Zone », sur Canal Street, le dimanche.

— C'est là que traîne un type qui fait la manche, mitaines et bonnet noir, souvent un livre à la main. Tout le monde le connaît et le surnomme Homeless Rich.

— …?

— Paie-lui un café, il viendra.

— Pardon ? Un gars que je ne connais pas veut me maquer avec un gars que je ne connais pas, à cent miles d'ici ? Et un miséreux ? J'ai plus beaucoup de dignité mais quand même !

— Tu risques d'être surprise.

— Pourquoi moi, pourquoi lui ?

— Il a sa face cachée et ses petits secrets, mais qui n'en a pas, hein Maureen ? Laissez-vous une chance. Qu'aurais-tu à perdre ? Lui, rien.

De fait, elle non plus. Elle a si souvent lié connaissance avec des types bizarres dans des endroits qui l'étaient tout autant, de quoi aurait-elle peur désormais ? Elle fourre le papier dans la poche et promet d'y réfléchir.

— Tu ne regretteras pas, dit Léo, qui ne laisse aucune prise au doute.

Quand Carmen lui demande si on peut le déposer quelque part, il répond :

— C'est gentil, mais ça ne va pas être possible.

— Tu vas où ?

— À Londres.

*

Une affichette en vitrine d'une librairie : *Harold Cordell en dédicace, jeudi 21, de 18 à 20 heures.*
Il est assis à une table où sont posées une tasse de thé et une pile de livres. La vendeuse, au loin, range un carton. À quoi bon chercher une explication à cette absence de visiteurs depuis la

211

vexation subie lors de sa précédente séance? Et puis, qui aurait le courage de traverser Londres un soir d'hiver pour une dédicace d'Harold Cordell, au lieu de faire les courses, de s'occuper des petits, ou de s'affaler dans un canapé après une longue journée de labeur? Il s'apprête à partir quand un individu se plante devant lui.

— Pourquoi n'écririez-vous pas un roman d'amour?

Harold dévisage un instant le visiteur. Sa paupière tombante, comme un malicieux clin d'œil, ajoute à l'étrangeté de sa question.

— J'y ai déjà songé mais à quoi bon? Toutes les histoires d'amour ont été racontées, non?

— Toutes sauf une. Celle que personne ne pourrait écrire à votre place.

Harold se redresse sur son siège, saisi par une déplaisante impression de déjà-vu. Pendant une fraction de seconde il est dans une chambre d'hôpital, Lena, son pyjama, la mort, et quelques mots énigmatiques tournés comme une dernière volonté.

— Trouvez un stratagème. Essayez de décrire l'amour comme un fauve en voie de disparition.

L'irruption de l'irrationnel, qu'Harold appelle si volontiers dans ses romans, le plonge maintenant dans l'épouvante.

— Qui êtes-vous? Vous connaissiez Lena Fawkes?

L'homme se retient de répondre :

Tu sais Harold, en t'ayant face à moi, je comprends enfin pourquoi j'aime tant souligner tes travers et tes lâchetés. Pourquoi je déteste t'entendre débiner tout ce qui est bon, les bonnes mœurs, le bon sens, le bon goût, les bons sentiments, le bon aloi. Pourquoi je vois ta solitude absolue comme une juste punition. Pourquoi je trouve grotesques les professions de foi que tu arbores sur tes tee-shirts, les sentences que tu profères, les anathèmes que tu lances. Pourquoi je ramène tout ce qui te singularise à des postures. Pourquoi je trouve indécentes les libertés que tu t'octroies, comme ta façon d'inverser principe de réalité et principe de plaisir, ou de te promener dans la rue comme dans un zoo. C'est parce que si un jour la chance m'était donnée de libérer l'odieux Hyde tapi en moi, j'aimerais que ce soit un type dans ton genre.

— Eh oh ! Je vous parle !... Vous avez travaillé à l'hôpital Princess Grace ?

Le visiteur a disparu, laissant Harold plus seul encore qu'il ne l'était déjà.

*

Harold dans la pénombre, à sa table de travail, immobile, les mains sur les cuisses, le regard fixé sur l'écran éteint. Encore tout troublé par sa rencontre avec l'émissaire de Lena.

L'épouvante passée, ne reste que l'éblouissement, la parole réincarnée de sa bien-aimée. Il la sait opiniâtre au point de le rappeler, de l'au-delà, aux devoirs de sa tâche.

L'heure est venue de raconter l'histoire de

Lena et Harold. Telle qu'elle s'est déroulée, sans la transposer, sans la revisiter, sans la romancer. Rien à ôter, rien à ajouter, pour une fois la réalité se suffira à elle-même. Et puis, en aurait-il le talent, Harold serait incapable de réinventer cette histoire-là.

Et peu importe le temps que ça prendra, peu importe ce qu'en pensera Edward Boonekamp, peu importe si aucun lecteur au monde ne la lit.

Le voilà au pied d'une montagne dont le pic, perdu dans les nuages, est encore indiscernable. Pour tenir bon durant sa longue ascension en solitaire, où le temps n'aura plus cours, sa folie lui sera plus précieuse que sa raison, qui lui dicte de ne pas l'entreprendre, car combien d'épreuves à surmonter, d'obstacles imprévus, de voies bloquées dont il faudra forcer le passage, d'intempéries à traverser, de risques de chute, de découragements, avant de planter son drapeau tout là-haut ? Quelque part ici vit un tigre des montagnes, en grand danger d'extinction. C'est là la dernière chance de l'approcher avant qu'il ne disparaisse. Ou avant que ne disparaisse Harold Cordell.

Il ouvre une page blanche. Sur le clavier, ses doigts se délient.

Commencer par le début.

Au début, leurs corps presque nus s'étaient frôlés.

La première fois qu'Harold a pris conscience de l'existence de Lena, c'était dans une ligne d'eau de la piscine du « London Aquatic Center » un soir de nocturne.

Il se revoit enchaîner les longueurs, perdu dans ses pensées, à la recherche d'une idée, d'une situation pour un chapitre à venir. C'est l'un des rares moments de la semaine où il se sent en paix, exempt de tout ressentiment. N'existent que lui, son corps, l'eau, sa dynamique dans l'eau. Or un autre corps s'autorise à exister dans son couloir de nage, un corps contrariant qui par deux fois le double en crawl et termine sa longueur dans un virage parfait, une vexation. D'autant qu'il s'agit d'une femme. Harold voudrait s'interdire de le penser mais c'est plus fort que lui : une femme le double. Maillot une-pièce noir, bonnet violet, lunettes opaques. Il tente de faire abstraction, d'ignorer, de nager dans ses abysses mentaux. Impossible ! Plus question de paix, de dynamique dans l'eau, c'est l'exaspération des grands jours, inédite en ce lieu tout de faïence bleue. Un corps de femme le rattrape, au rythme constant, au geste allongé et techniquement indiscutable. Elle quitte le bassin une fois ses deux kilomètres bouclés. Harold la voit s'éloigner sans apercevoir son visage.

Il se rhabille dans sa cabine tout en chantonnant un air commencé sous la douche, toujours le même. Qu'il soit chez lui, dans une chambre d'hôtel ou à la piscine, dès qu'un pommeau se met à couler, il entonne *You're the Top*, de Cole Porter, dont il est bien le seul de nos jours à connaître les paroles.

You're the top!
You're the Coliseum
You're the top!
You're the Louver Museum

Jolie déclaration d'amour. Un homme à court de compliments compare la femme qu'il aime à ce qu'on trouve de mieux sur terre : le Colisée, le Louvre, le Nil, une symphonie de Strauss, un sonnet de Shakespeare. Mais bien vite son hommage vire au réjouissant fatras : Tu es la lumière pourpre d'une nuit d'été espagnole, tu es un cognac Napoléon, tu es une soirée à Coney Island, tu es un entrechat de Fred Astaire, tu es une salade Waldorf, tu es l'enfer de Dante, tu es le camembert !

You're the top!
You're a dance in Bali
You're the top!
You're Mickey Mouse
You're broccoli

Harold a remis son jean, son tee-shirt. L'heure de fermeture approche, il fait partie des derniers. Dans les vestiaires silencieux, seule sa voix se propage.

You're the top!
You're Mahatma Gandhi

Or, pendant qu'il lace sa chaussure, une autre voix lui parvient en écho :

You're the top!
You're the National Gallery
You're the top!
You're Garbo's salary

… Plaît-il ?

Harold a dû mal entendre…

Pour en avoir le cœur net il lance :

You're the top!
You're the Tower of Pisa

Et la voix d'une femme répond au loin :

You're the smile on the Mona Lisa

Qui donc se permet cette intrusion dans sa chanson ? Sa chanson de douche ! La plus intime, celle qu'on ne partage pas ! Il ne serait plus le seul à connaître par cœur des paroles de Cole Porter ? Et cette même voix poursuit :

You're the top!
You're a turkey dinner
You're the top
You're the time of a Derby winner[1]

1. *You're the Top*, paroles et musique de Cole Porter, © WB Music Corp.

Harold se rue hors de la cabine, arpente les vestiaires à la recherche de l'intruse. Est-ce cette petite brune qui se recoiffe devant le miroir? Cette blonde qui enfile ses bottes? Cette autre, qui disparaît, son sac sur le dos?

Peine perdue.

Harold, devant son écran, s'aperçoit qu'il fait nuit noire. Il allume un vieil abat-jour qui crée un halo rosé.

Surtout, ne pas perdre le fil du récit.

Un corps, une voix.

Les deux appartenant sans doute à l'effrontée qui s'était immiscée à la fois dans sa ligne d'eau et dans sa chanson de douche. Il en avait eu confirmation le jeudi suivant, même heure, même endroit. Une bouille ronde avec une frange, des yeux brillants et des cils de poupée. Des épaules de nageuse. Un petit ventre charmant. Pour prévenir toute exaspération, il avait changé de couloir de nage et s'était interdit de chanter sous la douche. Mais, nouvelle vexation, de jeudi en jeudi, pas une seule fois elle ne l'avait remarqué, lui. C'est là que le hasard avait joué son rôle de hasard.

Harold entre chez « L'Abruzzese », un restaurant italien du quartier de Marble Arch, avec à son bras la directrice d'une revue d'art contemporain, sa maîtresse depuis quelques semaines. Elle aime s'afficher en ville au bras d'un écrivain. Il aime ses dessous indécents. Ils commandent des spritz et commentent le vernissage de l'exposition Jasper Johns. Quand soudain, à la table qui jouxte la leur, Harold reconnaît sa naïade. Un homme l'accompagne, impeccable et prévenant. Harold ne peut s'empêcher de lancer haut et fort :

— Ça fait bizarre de vous voir habillée...

Il n'est pas mécontent de la circonspection qu'il vient de créer à leur table comme à la sienne. Lena, le rouge aux joues, ne comprend rien. Son ami, au sourire gêné, est en droit de demander :

— Vous vous connaissez ?

— Nous nous voyons tous les jeudis de cinq à sept, répond Harold. D'ailleurs, la semaine dernière, vous n'êtes pas venue.

— ...?

Ah ça y est : la nocturne, à la piscine ! Ouf... Tout le monde est rassuré. Tout le monde s'en amuse. Le temps d'un antipasto, la conversation se poursuit à quatre, puis les couples se reforment.

Cette nuit-là, les dessous indécents ne produisent aucune magie.

Harold s'est assoupi sur sa vieille méridienne dans un coin du bureau. Le jour le réveille. Il relit la scène de la soirée chez « L'Abruzzese », resserre chaque phrase, lit à nouveau. Puis il se penche à la fenêtre et cherche l'azur des yeux. L'air du dehors le tente. Trois jours qu'il n'est pas sorti. Mais les souvenirs affluent. Impossible de les laisser s'estomper. Il se remet au clavier, à la recherche de leurs premiers moments de complicité.

Le jeudi suivant, ils se saluent au bord du bassin. Le suivant, ils boivent un verre dans un coffee shop. Entre-temps elle a lu *The Noble Cause*, son premier roman. Harold, aux anges.

Cependant il ne tente aucune manœuvre d'approche par crainte du faux pas. Car la fille a tout pour elle : un crawl de compétition, une passion pour Cole Porter, des yeux de poupée, mais plus que tout, elle a su déchiffrer un roman d'Harold Cordell comme lui-même en serait incapable. Pour un peu il lui ferait lire le manuscrit avec lequel il se débat en ce moment, provisoirement intitulé *Deleatur*. Il aimerait bluffer cette fille qu'il connaît à peine. Mais précipiter une étape plus intime serait une faute. À quoi bon prendre le risque d'un lendemain qui déchante ?

Alors il se comporte comme le dernier gentleman anglais. Il la retrouve au pub ou au cinéma, même si voir un film avec Harold est pénible ; dès les cinq premières minutes, il anticipe à haute voix les cinq dernières, et ce qui agace le plus Lena n'est pas qu'il gâche la séance mais qu'il tombe toujours juste. Sur les intrigues amoureuses, ils sont toutefois d'accord : presque toutes obéissent à l'ordinaire schéma rencontre/fusion/érosion/tromperie/rupture, avec, la plupart du temps, des retrouvailles en épilogue. De surcroît les dialogues sont assommants de facilité, ce qui n'a rien de surprenant puisque tous les amoureux du monde envoient à l'élu un seul et unique message, et souvent dans les mêmes termes. Harold y voit l'occasion d'un jeu littéraire et propose à Lena d'écrire avec lui la déclaration d'amour universelle. Ils passent une nuit entière à lister tous les poncifs du coup de foudre, les phrases toutes faites pour décrire ce séisme intérieur, ses métaphores inévitables et la cohorte de vœux solennels qu'on s'empresse d'exprimer. Ils en font une synthèse qu'ils reformulent dans une version débarrassée de tout accent kitsch ou compassé, de toute tentation sublime en s'interdisant l'hyperbole. Le contraste entre l'ambition démesurée de l'aveu et son apparente sobriété stylistique crée une fulgurance. À cinq heures du matin, ils la tiennent, leur déclaration d'amour universelle. Elle leur plaît tant qu'ils se lancent dans la lettre universelle de rupture. Ils ne se doutent pas encore qu'eux aussi vont devoir rompre avant même de s'être déclarés.

La main d'Harold tâtonne vers un paquet éventré de biscuits *shortbreads*, vide. Rien dans le réfrigérateur pour tromper sa faim. La supérette d'en bas n'ouvre pas avant sept heures. En attendant, il mesure le chemin parcouru devant l'écran, une quarantaine de feuillets qu'il s'empresse de dupliquer sur une clé USB qu'il fourre dans sa poche si jamais il avait à fuir en cas d'incendie – plus il avance dans le texte et plus il obéit à ses superstitions. Bientôt, il le sait, le doute va l'envahir. À quoi bon tout ce travail ?

Pour qui se prend-il en obéissant à l'impératif de l'écriture, comme si la terre entière attendait qu'il s'exprime ? Et dans deux jours, deux semaines ou deux mois, il le sait aussi, en se relisant il ne doutera plus de la légitimité de son texte : Harold Cordell fabrique des émotions littéraires pour les générations à venir. Jusqu'à ce qu'il soit tenté à nouveau de jeter le tout à la corbeille, honteux d'avoir pris sa fatuité pour de la ferveur, d'avoir osé croire qu'il faisait œuvre. Pour l'heure, il tourne autour de l'écran, tarde à s'y remettre, il en sait la raison. Il va devoir se replonger dans ce funeste épisode du *malentendu*, tout en éclats de voix et claquements de porte.

Les rendez-vous avec Lena se sont multipliés. Harold s'interroge sur cet élan qui le pousse vers elle et tente de lui trouver un nom, car après tout c'est son métier. En résumant les symptômes : il se languit hors de sa présence, il est pris de tachy-cardie quand il la voit, et quand il nage à ses côtés il se sent comme un requin prêt à dévorer une sirène. Il a beau chercher, aucun terme n'est assez juste pour qualifier ses états d'âme, lui qui a coécrit la lettre d'amour universelle. Mais l'heure est venue ce soir, alors qu'ils traversent le parc de Primrose Hill, de les exprimer. Il se penche pour déposer un baiser dans le cou de la belle.

Or elle se rétracte, un sourire gêné aux lèvres.

Lui est humilié comme jamais il ne l'a été de son existence.

Elle joue la surprise. Trois semaines qu'ils se

voient, trois semaines qu'ils sortent, rient, boivent, lancent des fléchettes dans des pubs, et il n'a rien tenté… Elle a cru qu'Harold préférait *qu'ils soient amis*, ce qui lui va tout à fait. Comme il ne réagit pas, tant il est stupéfait, elle se voit obligée de décrire une évidence : elle et lui sont désormais liés par une complicité inouïe, ils se devinent comme s'ils s'étaient connus enfants et s'amusent comme s'ils l'étaient toujours. Ils fomentent un complot par jour pour déstabiliser leurs contemporains ! À quoi bon mettre une telle communauté d'esprit en péril pour une banale coucherie ?

Harold est pris d'un fou rire. La vexation change de camp. Pourquoi rit-il bêtement, qu'est-ce que j'ai dit de si drôle ? Il aimerait énumérer le nombre de stupidités qu'elle vient de proférer en si peu de mots mais ne sait par où commencer. Ah ça, elle est impayable. Et lui qui pensait que le temps jouait en sa faveur ! Le dernier gentleman anglais, etc. Mais la pauvrette ne s'est pas sentie suffisamment désirée en temps et en heure ? Comme c'est cruel. À quel moment précis aurait-il été de bon ton qu'il se montrât turgescent ? Au premier rendez-vous, au risque de passer pour un porc priapique ? Au deuxième, au troisième ? Désolée monsieur mais au-delà de cette limite votre désir n'est plus valable. De surcroît, dans la petite litanie déçue de Lena il a entendu un mot d'une rare vulgarité quand elle le prononce : *ami*. Comment s'est-elle autorisée à penser qu'Harold et elle devenaient des *amis* ? Sait-elle au moins ce que le mot recouvre de confiance et d'engagement ? Seuls peuvent se prétendre amis ceux qui sont montés au feu ensemble et en sont revenus. De quoi a-t-elle l'air avec ses trois semaines au compteur, son bonnet violet et ses pintes de Guinness ?

Lena, humiliée à son tour.

Comment imaginer un tel déferlement de méchanceté et d'amertume ? Elle aussi aimerait avoir le don du ricanement mais elle parvient à peine à contenir ses larmes. Est-ce là le vrai visage d'Harold Cordell ? Elle refuse d'y croire. C'est sans doute son orgueil blessé de mâle qui s'exprime. À elle de réparer, avec un peu de douceur et de bon sens. Qu'y a-t-il d'infamant à l'idée que leur fantaisie, qui jaillit dès qu'ils sont côte à côte, s'exprime partout ailleurs que dans l'alcôve ? Sans doute ont-ils raté cette intimité-là, qu'on ne peut plus forcer désormais, mais qu'importe ? Ce qu'ils ont en commun est tellement plus précieux !

Harold y voit une « sémantique pitoyable » destinée à cacher la lâcheté de Lena, qui aurait dû avoir le courage d'assumer le rejet physique qu'elle éprouve pour lui, quitte à se fendre d'une phrase débile du genre : je t'aime beaucoup mais *pas comme ça*, ce qui aurait eu le mérite de la franchise.

C'est maintenant Lena qui hausse le ton devant tant de mauvaise foi : on trouve encore de nos jours des primates incapables d'imaginer que l'amitié homme/femme existe ? Harold se lasse : aucun poncif ne lui sera épargné ! Ne sait-elle pas qu'une amitié homme/femme, comme elle dit, n'est possible que parce que l'un des deux a renoncé à ses sentiments pour l'autre plutôt que de le voir s'éloigner à jamais ? Il se garde bien de préciser que c'est de lui qu'il parle, car le mal est fait, il est mordu, il ne pourra plus étouffer au fond de son cœur ce qu'il éprouve. Comme elle insiste, il lui concède un second cas de figure : une amitié homme/femme est envisageable quand, après s'être essayés à la chose, les deux ont reconnu que le corps n'y était pas, et les voilà débarrassés d'éventuels remords. Tout mais pas ce rejet unilatéral inacceptable pour le rejeté. Lena perd son sang-froid devant de telles énormités : comment un type qui peut avoir toutes les maîtresses qu'il veut ose-t-il faire tout ce foin parce qu'une seule a refusé d'obtempérer ?! Méprisable ! Archaïque ! Elle ne regrette pas ce putain de *malentendu* qui lui aura évité de coucher avec un énième connard !

Avant de s'éloigner, Harold dit à Lena que sa porte lui reste ouverte. Mais que si elle vient y sonner, c'est exclusivement pour le rejoindre dans son lit. Sinon, qu'elle ne s'avise pas de le recontacter.

Elle l'envoie se faire foutre et disparaît dans la nuit.

Sally, l'attachée de presse de Boonekamp, ne cesse de laisser des messages. Le salon du livre de Bristol voudrait organiser une table ronde avec Harold et deux autres auteurs sur le thème : *Le roman d'aventures et ses horizons d'attente.* Lui, des romans d'aventures ? Au courrier, une grande enveloppe kraft contient la thèse d'une étudiante en master intitulée *Logiques et alogiques du hasard chez Harold Cordell*. Il tente de déchiffrer quelques phrases ici ou là.

Il se rase, se douche, choisit un tee-shirt comme s'il se préparait à une occasion particulière, puis retourne à la table de travail. Comment décrire les semaines qui ont suivi leur fâcherie ? Pour tenter d'apercevoir Lena, il n'avait raté aucune nocturne à la piscine, en vain. Pas une fois il n'avait tenté de réparer, et jamais son orgueil ne lui avait coûté si cher. Comment soigner un chagrin d'amour qui n'a pas eu lieu et qui pourtant y ressemble en tout point ? Comment guérir de la nostalgie d'un corps qu'on n'a jamais possédé ? Il n'avait pas assez de noblesse d'âme pour devenir ce parfait camarade qu'elle voyait en lui, s'esquiver après l'avoir raccompagnée chez elle, sympathiser avec son fiancé du moment ou, pire encore, la consoler après ses ruptures. D'aucuns en avaient le panache, lui non. Harold Cordell en soupirant malheureux ? Pas assez romantique ni masochiste pour ça. Que faire alors, sinon se raccrocher à l'idée qu'elle souffrait autant que lui ?

Un mois s'était écoulé, assez pour que Lena l'oublie totalement. Sans doute racontait-elle déjà à des copains, des vrais, que ce connard d'Harold Cordell, oui l'écrivain, lui avait proposé son amitié à condition de tirer un coup d'abord.

Jusqu'au jour où il avait entendu sonner chez lui en plein après-midi.

Il l'avait accueillie sans prononcer un mot et avait refermé la porte derrière elle.

Avaient commencé les joyeuses années.

Tout lui revient. Ses doigts sur le clavier ne sont plus assez rapides. Harold se souvient d'avoir été heureux. Il ose même taper le mot en toutes lettres. Heureux. Lui qui jusque-là était incapable de profiter de l'instant si l'instant n'était pas digne de créer une bonne situation exploitable plus tard. Durant cette période-là, il n'a plus touché terre, au sens propre comme au figuré ; *Deleatur* venait d'être adapté au cinéma et Edward Boonekamp avait vendu les droits de traduction à une trentaine de pays où le film était attendu. Harold avait emmené Lena dans une tournée de promotion à travers le monde, avec, à chaque destination, une même tentation : *Et si on s'installait ici ?* Ils laissaient une chance à Berlin de les subjuguer, à Paris de les adopter, à Shanghai de les retenir, idem pour Belgrade, Saint-Pétersbourg ou Buenos Aires. Mais Londres l'emportait toujours, Londres c'était Londres, il fallait l'avoir quitté pendant près d'un an pour s'en rendre compte. À leur retour avait commencé la vraie vie commune, la toute première pour Harold qui n'en revenait pas d'avoir rencontré la seule femme au monde capable d'accepter ses extravagances, ses hantises, ses détestations, ses découragements, ses tee-shirts, ses horaires de travail imprévisibles, ses lubies, et ses incessants commentaires angoissés sur le roman du moment, car cette fois, c'était sûr, il n'irait pas jusqu'au bout, il n'y arriverait plus, d'ailleurs Boonekamp ne voulait plus de lui, etc. Lena, sa première lectrice, était la seule à oser lui suggérer des coupures de vingt pages sans qu'il se mette à hurler au poète qu'on assassine. Mais surtout, et là était le vrai miracle, elle savait vivre auprès de lui en prenant soin de laisser le réel à la porte. Comme si elle savait contenir toute sa cordellité dans leurs murs afin d'en protéger le reste du monde. À croire qu'en créant Harold, Dieu avait créé son antidote, Lena.

Il cherche dans ses souvenirs lequel serait capable de traduire cette idée-là. Et bien vite lui revient en mémoire une veille de Noël où il neigeait, comme dans un conte.

Lena et lui sont dans leur appartement, il est dix-neuf heures. Dans la rue, il voit des passants bien mis se hâter, les bras chargés de sacs de traiteurs et de paquets cadeaux. Il les moque : « Bâfrerie et marchandise… Esprit de Noël, mon cul ! » N'est-ce pas la meilleure période de l'année pour laisser libre cours à sa misanthropie ? Lena rit de le voir s'évertuer à en faire un jour comme un autre. Il se lance dans des courriers administratifs et ouvre une boîte de raviolis, si crispé sur sa posture que c'en est réjouissant. À vingt heures, ce 24 décembre, Harold s'est presque convaincu que nous ne sommes pas le 24 décembre à vingt heures.

Or à vingt heures trente sa belle indifférence se fissure.

Des souvenirs d'enfance le traversent, qu'il refoule comme il peut.

Le téléphone ne sonnera pas, comme chaque année.

Mais qui sait ? Peut-être que Lena a bravé son interdiction de lui faire un cadeau ? Un tout petit, vers minuit ?

Afin de chasser toutes ces mièvres pensées, il choisit la plus banale des occupations pour un soir de Noël : sortir acheter des journaux et les lire en sirotant du thé.

— ... Tu plaisantes ? À cette heure-ci ? Par ce froid ? Vas-y seul !

— Le kiosque de Fleet Street est ouvert sept jours sur sept, vingt-quatre heures sur vingt-quatre. Allez viens, quoi !

Leurs pas craquent sous la neige, les réverbères s'allument, les dernières boutiques ferment. Derrière les rideaux, on aperçoit des cimes de sapins, des lumières intermittentes, des couleurs chaudes, on surprend des rires.

Le kiosquier se réchauffe les mains avec un sachet de marrons. Harold se sert sur les présentoirs, le *Sun*, le *Guardian*, et son indispensable *New Examiner*, pendant que Lena discute avec le pauvre homme derrière sa caisse. Cette année, impossible de se faire remplacer, il est de service jusqu'à six heures du matin.

— Quand je pense que ma femme est en train de mettre la dinde au four... Les gosses vont demander où je suis un soir de Noël ! Mon petit dernier a juste trois ans...

229

Sans même en informer Harold, Lena propose au kiosquier de le remplacer pour la nuit. Croyant à une blague, il énumère toutes les raisons pour lesquelles c'est hélas impossible mais Lena insiste tant qu'elle finit par le convaincre.

— On n'a pas de dinde, pas d'enfant, mais on sait rendre la monnaie, vous pouvez compter sur nous.

L'homme est tout chaviré de reconnaissance. Se tient devant lui le père Noël en personne.

Et voilà Lena et Harold, cernés par des piles de journaux, les pieds posés sur un chauffage d'appoint. Il la traite de folle. Elle est prise de fou rire. Ils feuillettent toutes les publications possibles, en découvrent d'insoupçonnables, tout y passe, y compris les revues pornographiques et la presse people. Quand un client apparaît, ils jouent à la marchande avec conviction. À tous, Lena pose une même question : « Pourquoi êtes-vous seul un soir de Noël ? »

Peu ont choisi de l'être. Chacun s'attache à répondre avec sincérité, c'est le soir qui veut ça. Alors on les écoute, car tous ont une histoire. Triste la plupart du temps. Lena comprend pourquoi le taux de suicides le soir de Noël est le plus fort de l'année. Mais il en est aussi de surprenantes. Harold sort en douce crayon et calepin. Avec les témoignages entendus tout au long de la nuit, il a de quoi écrire six ou sept contes de Noël, à la manière de Dickens, son maître. Et pendant qu'il vole à des inconnus leurs mots, Lena en trouve d'autres, mais ceux-là sont les siens. Des mots qui éclairent, qui consolent, qui exaltent. Tous leurs proches, et tous ceux qu'ils ont connus par la suite, ont un jour eu besoin des mots de Lena. À quoi bon écrire des livres quand on a ce talent-là, se dit Harold. Son style, c'était nous.

Il relit la description de leur nuit dans le kiosque et décide, pour le moment, de la garder. Il a cent souvenirs de cet ordre mais pourquoi évoquer ces doux moments du passé quand la vie allait bientôt le contraindre à choisir entre deux destins opposés et irréversibles.

Ce jour-là, une bourrasque de réel s'était engouffrée dans la maison quand elle avait parlé enfant.

Au début il avait joué la mauvaise foi réjouissante, jurant qu'il aimait déjà trop ce petit être pour lui imposer un père comme lui. Et même s'il héritait de 99 % des gènes de sa magnifique maman, tout laissait supposer qu'avec le 1 % restant, il deviendrait un Cordell, et prendre un tel risque était irresponsable. Peu convaincant, il avait alors tenté de la mettre en garde contre les affres de la maternité, qu'il connaissait bien pour les avoir subies déjà lui-même par quatre fois. Après les avoir portés des mois durant, rongé par le doute et la peur de faillir, il avait accouché de chacun de ses enfants dans la douleur, parfois au forceps et sans péridurale. Il lui épargnait les fausses couches, les avortons et les mort-nés dont il avait dû faire le deuil sans que ça n'émeuve personne. Et, lorsqu'il semble viable, du moins lorsqu'un type dont c'est le métier vous l'assure, l'enfant à peine né vous échappe, il ne vous appartient plus, le voilà livré au monde. D'aucuns lui reconnaissent quelque charme, certains l'enterrent déjà, tous les autres l'ignorent. Puis, faute d'avoir marqué l'Histoire, il n'est accueilli dans aucun panthéon et disparaît de la mémoire des hommes.

Pour répondre à ses élucubrations, elle avait eu recours à des formules toutes faites. Sa Lena, prononcer des mots comme «horloge biologique» ou «Tu sais, je ne rajeunis pas», avec une gravité dont elle semblait exempte jusque-là? De guerre lasse, il avait fini par admettre que si l'enfant était la condition *sine qua non* pour ne pas perdre Lena, il acceptait l'enfant.

Avaient commencé les mornes années.

Harold tente de décrire un moment vécu tant de fois: Lena passe la tête par la porte du bureau, un thermomètre en main et un sourire désarmant aux lèvres: «Viens Harry!» La chose expédiée, elle garde les genoux en l'air pour optimiser les chances d'un vaillant spermatozoïde. De l'autre côté du lit, Harold, le désir éteint par «l'injonction ovulaire». Et pourtant il est attendri par cette femme qui attend du fond des entrailles un tsunami d'émotions.

Si elle se révèle fertile, c'est lui qui ne l'est plus. Des deux, c'est lui qui connaîtra les plus grands bouleversements intérieurs; il ne sera plus le désinvolte, l'espiègle Harold Cordell, pas plus qu'il n'aura le droit de chérir son bon vieux spleen une fois l'enfant à bord. Il ne vivra plus dans le temps du roman mais dans le temps réel, avec des jours, des nuits, des dimanches, des fêtes. Plus question de sauver des kiosquiers les veilles de Noël. Cette année, au lieu de jeter l'almanach de la Poste une fois acheté au facteur, il va l'accrocher au mur et y faire des croix. Il va peut-être passer le permis de conduire, lui, le rêveur des rues de Londres. Ses parents et amis se feront une joie de lui dire qu'enfin l'occasion est venue d'entrer dans l'âge adulte. L'âge adulte… Lui qui se sentait comme un petit vieux dans la cour de récréation. Lui qui a choisi à seize ans d'écrire au lieu de vivre. Qu'aurait-il à dire à un fils du même âge sinon l'inverse parfait du sens commun ? Lui révéler que la réalité ne mérite pas qu'on s'y arrête, que l'espèce humaine est une engeance à éviter, que le travail est une pénitence s'il est uniquement destiné à actionner un rouage du système, que l'expérience est une belle connerie, qu'avant de mourir tout individu constate qu'il a fait *tout ça pour ça*, et que le grand Shakespeare a déjà dit tout cela en bien mieux. Alors s'il ne croit pas à ce que dit son médiocre père, qu'il ait foi dans les vers du barde de Stratford.

Un soir, entre deux injonctions ovulaires, Harold commet une incartade qui ne lui ressemble pas. Habituellement, quand il reçoit la lettre d'une admiratrice, il se contente de lui répondre puis l'oublie dans l'instant. Cette fois, il fait semblant de croire au prétexte qu'elle utilise pour le rencontrer. Au bar, la jolie blonde a les joues qui rosissent, Harold lui fait plus d'effet que les Pimm's qu'elle enchaîne. Lui se sent minable, mais il reste.

Lena urine sur un test de grossesse.

Harold se déchaîne sur le corps d'une inconnue.

Il rentre tard mais Lena s'en fout : elle tient en main deux tests, l'un est positif, l'autre non. C'est, depuis huit mois, le signe le plus encourageant. Après un examen sanguin, son fol espoir n'est plus. Elle pleure dans les bras d'Harold qui contient son soulagement. Dès lors, il s'enferme dans son bureau pour terminer *In cauda venenum* et n'en sort que pour rejoindre une maîtresse. Leur histoire commence à ressembler à un de ces banals scénarios dont ils se moquaient à l'époque, rencontre/fusion/érosion/adultère, mais sans l'épilogue des retrouvailles.

Quel jour sommes-nous ? Ah non, c'est la nuit. Quelle nuit sommes-nous ? se demande Harold, épuisé comme il aime l'être quand les pages s'accumulent et que celles à venir ont hâte d'être écrites. Il donnerait tout pour ne jamais guérir de cette urgence-là. Il décrit l'après-Lena, le lent processus de l'oubli, dont il ne pouvait soupçonner la force avant de le vivre.

Les premiers temps, il avoue volontiers traverser un «chagrin d'amour», état précieux en toute occasion, qui appelle la consolation, car si le dépressif met mal à l'aise, l'accidenté du cœur attendrit, on voudrait sécher ses larmes car qui n'a pas souffert d'une séparation? Harold s'installe dans son chagrin d'amour comme dans une chambre d'amis. *Qui sanglote dans le boudoir? Oh, c'est le pauvre Harold, un chagrin d'amour.* Une ou deux femmes se proposent de l'en guérir. Même Edward Boonekamp compatit : Harold ne publiera rien l'année prochaine mais qui sait les heureuses retombées de ce chagrin d'amour sur son œuvre?

Or il arrive un matin où le devoir de compassion lasse. Harold a peut-être mal estimé la durée communément admise du chagrin d'amour. Le voilà seul. Et la vraie douleur de l'absence l'attend comme au coin d'un bois.

Lena?

Où vais-je retrouver une fille aux yeux de poupée, qui nage le kilomètre crawl en vingt minutes, et qui récite in extenso le monologue de Molly Bloom?

Il s'interdit de lui faire signe ; à quoi bon la déstabiliser si elle tente sa toute dernière chance d'avoir cet enfant? Il est peut-être encore temps pour elle. Réapparaître serait ignoble.

Au fil des ans, il devient l'Harold Cordell moderne, irascible et obscur. Que s'est-il passé au tournant d'*In cauda venenum*? s'interroge la critique. Le joyeux capharnaüm romanesque est toujours là mais, avant, on trouvait toujours une porte de sortie à la fin du livre, une échappatoire, une petite lumière au bout du tunnel. Désormais il n'y a plus de petite lumière, et ça fait toute la différence.

Pour mesurer le gaspillage de temps passé sans Lena, il donne un âge à l'enfant qu'ils n'ont pas eu. On lit quoi le soir à un gosse de six ans, *Oliver Twist* ou *David Copperfield*?

Et puis un jour il regarde le chemin parcouru sans elle. Il ne revisite plus le passé, ses enchaînements, ses erreurs d'aiguillage. Lena lui revient en mémoire sous forme d'instantanés, qu'il classe dans un album. Et l'album se laisse peu à peu oublier sur une étagère.

Jusqu'à un fameux soir dont il retrouve le détail, heure par heure.

Ses doigts, le clavier, encore.

Il a accepté l'invitation d'un club de lecteurs dans une petite ville ouvrière située au nord-est de Londres. Le déplacement en train lui demande un effort, mais une fois sur place l'exercice est plaisant. Il lit un passage de *Deleatur* devant une petite centaine de personnes puis répond à leurs questions et dédicace leurs exemplaires. À bientôt vingt et une heures, Harold s'inquiète du train du retour auprès de l'organisateur qui lui assure qu'ils seront à la gare en temps et en heure. Sa voiture sillonne une zone industrielle dans la nuit noire et, pendant qu'il évoque cette charmante soirée, Harold a hâte d'apercevoir les lumières de la gare. *C'est là-bas, tout droit, à moins de cent mètres, derrière le chantier en construction. Vous aurez plus vite fait de vous y rendre à pied, en voiture c'est un vrai labyrinthe.* Harold se retient de l'injurier en claquant la portière. Il traverse un terrain vague, emprunte un passage souterrain, quand il croise la route de trois types qu'il aurait préféré ne pas rencontrer la nuit, si loin de chez lui, au milieu de nulle part.

Le voilà le visage en sang, des douleurs partout dans les côtes, adossé à une palissade, dépouillé de son téléphone et de son portefeuille. Les trois types l'ont traité de crevard en constatant qu'il ne portait pas de montre. Il y a encore une heure, devant un public conquis, il décrivait avec malice les réjouissantes tribulations de Terry Dupree, prisonnier d'un vaste territoire hostile et complexe qui pourrait bien être son propre cerveau. Il éponge le sang qui coule de son nez avec un pan de tee-shirt. Sans doute est-il déjà mort mais on dit que l'enveloppe terrestre se dissout avec un temps de retard sur l'esprit. Il entend, à proximité, des voix humaines. Deux jeunes gens fument une cigarette sur un banc. Il confie son infortune aux adolescents, saisis par son apparition, même si l'agression qu'il vient de subir dans le voisinage ne les surprend guère. La gare ? Elle est tout près, mais à cette heure-ci il n'y a plus de trains pour Londres. Un poste de police ? Ici, dans ce quartier mal famé ? Vous rigolez, m'sieur ! Au mieux, on peut essayer d'appeler la borne du taxi, laquelle ne répond pas. Harold se dit que ce cauchemar ne va pas le réconcilier avec le réel. Il aimerait appeler à l'aide. Il aimerait qu'une voiture s'arrête devant lui, et qu'au volant quelqu'un lui dise : *Viens, on rentre à la maison.* L'un des gosses lui tend son téléphone. Il tente de se remémorer le numéro de son ami Conrad, en vain. Puis celui d'Edward Boonekamp. 07 81… Non, 07 52… Harold constate qu'il ne connaît plus aucun numéro de téléphone par cœur depuis qu'on ne les compose plus. Parfois il lui arrive d'hésiter sur le sien. Quand surgit d'on ne sait où un numéro entier, intact, comme gravé dans son cortex.

— Allô ? Je vous appelle sans trop savoir qui vous êtes…

— Harry ?

— Lena ?

— … ?

— Je suis quelque part dans un petit bled qui s'appelle Hornchurch, sur la route de Romford. Je viens de me faire péter la gueule.

— … ?

— Tu ne vas pas me croire mais il n'y a ni poste de police, ni taxi, ni train, ni rien…

— Dis-moi que c'est une blague. Même une mauvaise.

— J'ai besoin qu'on vienne me chercher…

— Et c'est moi que tu appelles ?!

N'est-ce pas la définition même de l'amitié que de pouvoir appeler quelqu'un au secours en pleine nuit ? Ils l'avaient payée cher mais rien dorénavant ne viendrait remettre en question cette amitié-là. Lena avait beau lui en vouloir, son cordellissime Harold lui avait manqué. Elle était sans doute la seule au monde à éprouver ce manque, et l'idée ne lui déplaisait pas.

À nouveau il lui confiait ses manuscrits, qu'elle critiquait avec intransigeance et bienveillance à la fois. Et quand parfois elle était déçue par ce qu'elle lisait, quand il se laissait aller à la facilité, quand il se contentait de ses propres mécanismes, elle lui rappelait que raconter une histoire est un acte solennel. *Parce que celui qui consent à s'embarquer dans ton récit, Harold, voyage en confiance.*

Il s'est débarrassé de ses bagages, ses références, ses croyances, ses idéaux, il est prêt à bouleverser ses certitudes en attendant que soit tenue la promesse que tu lui as faite de paysages inédits et de destinations secrètes.

Mais il n'est dupe de rien. S'il lui arrive d'être largué en route, de traverser des territoires trop arides, il sait que le capitaine Cordell garde le cap et que ses détours sont précieux. À toi de le garder à bord.

Dès lors, il se laissera entraîner là où il n'aurait pas cru que ce fût possible ; il va s'autoriser des exaltations inadmissibles dans sa vie raisonnable. Il va se découvrir des pulsions inavouées et les exutoires pour s'en défaire. Il va enfin s'autoriser une pensée subversive qui va le soulager de ses propres carcans moraux. Le pragmatique va rêver d'utopies. L'humaniste va savourer la crapulerie des vilains. Le misanthrope va verser des larmes de solidarité. Et celui qui ne l'a pas connue découvrira ce qu'est la passion. Revenu dans la réalité, il ne sera plus le même.

Harold, pense à ceux qui n'ont que ça, les histoires. Ceux qui sont exclus de la chose intellectuelle, démunis devant le discours. Ceux que la fiction aide à discerner les mensonges de leur époque. Elle leur rappelle leurs désirs premiers. Elle met à leur portée des choix qu'ils n'avaient pas examinés. Elle est la revanche des humbles. Comme la musique, elle est un langage universel, elle vise au cœur, elle a le pouvoir d'émanciper et de consoler. Elle sait réenchanter quand guette la résignation. Elle est le laboratoire de nos civilisations et le dernier espace de résistance, tant à l'autorité qu'à la morale. Ton devoir de conteur t'impose de dire tout ce que tait le politique, tout ce que le savant ne peut encore anticiper, tout ce que le penseur n'ose pas concevoir.

Veille à ce que ton histoire n'exclue personne. Épargne-nous ton érudition et ta culture. Si tes états d'âme ne se font pas l'écho des nôtres, garde-les pour toi. Évite de nous rappeler que tu es un type bien, du bon côté, qui raisonne juste, ne me dis pas ce que je dois penser, fais-moi ressentir, réveille les exaltations étouffées par nos peurs, celles que nous ont léguées nos parents, que nous vendent les idéologues, les bavards médiatiques et les doctrinaires.

Ne convoque pas le drame en vain, juste pour te tirer d'affaire quand ton récit fait du surplace, car ton lecteur a peut-être souffert dans sa chair, ne lui fais pas cet affront, ne brade pas le malheur. Et si, au final, tu t'en sors dans la vie, tu n'as pas le droit, en guise d'épilogue, d'abandonner ton lecteur dans un monde dévasté et morbide.

Envoie le pragmatisme et le sens commun se faire foutre ; c'est parce que les contes de fées n'existent pas qu'on en a tant besoin.

Regarde vers le haut. Préserve-nous de la marchandise. Les histoires sont précieuses, Harold. À quoi bon y ajouter la tienne si elle ne triomphe pas de la médiocrité ambiante.

N'oublie jamais que les bons sentiments n'ont pas plus d'intérêt que les mauvais. La fiction renvoie dos à dos le sage et le cynique, elle est par-delà le bien et le mal. Si tu as peur de cette liberté-là, laisse-la à d'autres. Et s'il y a une morale à ta fable, ne me l'assène pas, laisse-moi la trouver seule, sinon tu as raté ta cible.

Tu règnes sur un peuple de rêveurs, Harold. La fiction nourrit nos rêves et la rêverie n'occupe-t-elle pas l'essentiel de notre vie ? Elle est notre refuge à la mélancolie, au doute, au renoncement. Nous passons bien plus de temps dans les nuages que sur la terre ferme. Et à jamais nous resterons en souffrance de ce vœu d'une vie meilleure que nous avons formé dans nos songes.

Si nous avons perdu toute forme de candeur, à toi de nous rappeler que l'essentiel s'inscrit parfois dans les propositions les plus simples ; un couplet dans une chanson, une description dans un livre, une parole dans un film peuvent à ce point nous serrer le cœur qu'on se demande comment la guerre et la cruauté marquent encore des points ici-bas.

Tu sais mieux que nous que le réel ne suffit pas, Harold. Déjà le premier homme voulait s'en évader. Alors retourne au boulot, parce que si la fiction existe, c'est pour nous rappeler que la vie est bien plus précieuse que la fiction.

Nous prenions un verre, Angélique et moi, quand un miracle s'est produit. Léo nous est apparu. Malgré toute l'étrangeté de la situation, il s'est assis à notre table comme s'il nous avait quittés la veille. Il s'est tu un long moment, à la manière du Léo d'antan, qui ne craignait jamais les silences. Puis, véritablement ému, il nous a remerciés de notre patience et de notre confiance.

Il a contemplé Angélique comme si elle-même était une revenante. Il a posé la main sur son épaule pour s'assurer qu'elle était bien réelle. Peut-être aussi pour la retenir. En un instant ils ont retrouvé leur complicité lunaire, à la fois présents à la table, et à des années-lumière de là. Il leur reste à écrire, à deux, une histoire d'amour encore inédite.

Une fois le choc passé, nous l'avons exhorté à répondre à la question qui nous brûlait les lèvres : « Mais où étais-tu, bon Dieu ? »

Pris d'un grand besoin de solitude après son accident, il a profité de sa convalescence pour

faire un voyage qui m'a rappelé moins ses expédi-
tions de globe-trotter que nos déambulations
parisiennes de jadis. Là où Angélique et moi
réclamions des détails, des anecdotes, des faits,
des noms, des photos, il n'a évoqué que des sites
éphémères et des rencontres fugaces dont il n'a
gardé aucune trace concrète. Il s'est simplement
interrogé sur la beauté ou la laideur des lieux, des
situations et des individus, non pour ce qu'ils
montrent mais pour ce qu'ils cachent, non pour
leur signification mais pour l'impact émotionnel
qu'ils ont sur nous. Ni Angélique ni moi n'avons
compris ce qu'il cherchait à nous dire, mais il
montrait une telle conviction que nous n'avons
pas osé renchérir. Pas plus que nous n'avons su
quoi répondre quand, curieux de notre actualité,
de nos expériences, de nos succès, en somme de
tout ce que nous avions accompli et vécu durant
son absence, il nous a demandé :

— Et vous ?

À la réflexion, rien de notable, ai-je pensé,
sinon la disparition d'un ami, aujourd'hui de
retour.

DU MÊME AUTEUR

Aux Éditions Gallimard

LA MALDONNE DES SLEEPINGS, 1989 (Folio Policier n° 3).

TROIS CARRÉS ROUGES SUR FOND NOIR, 1990 (Folio Policier n° 49).

LA COMMEDIA DES RATÉS, 1991 (Folio Policier n° 12 ; Écoutez lire).

SAGA, 1997 (Folio n° 3179). Grand Prix des lectrices de *Elle* 1998.

TOUT À L'EGO, 1999 (Folio n° 3469).

UN CONTRAT. Un western psychanalytique en deux actes et un épilogue, 1999. *Nouvelle édition en 2011.*

QUELQU'UN D'AUTRE, 2002 (Folio n° 3874). Grand Prix RTL-*Lire* 2002.

MALAVITA, 2004 (Folio n° 4283).

LE SERRURIER VOLANT. *Illustrations de Jacques Tardi*, 2006 (Folio n° 4748).

MALAVITA ENCORE, 2008 (Folio n° 4965).

SAGA. Pièce en sept tableaux, 2009.

HOMO ERECTUS, 2011 (Folio n° 5475).

NOS GLOIRES SECRÈTES, 2013 (Folio n° 5845). Grand Prix SGDL de la nouvelle 2014, prix de la Nouvelle de l'Académie française 2014.

ROMANESQUE, 2016 (Folio n° 6427).

TOUTES LES HISTOIRES D'AMOUR ONT ÉTÉ RACONTÉES, SAUF UNE, 2020 (Folio n° 6949).

Dans la collection Folio 2 €

LA BOÎTE NOIRE ET AUTRES NOUVELLES. *Nouvelles extraites de* Tout à l'ego, n° 3619, 2002.

L'ABOYEUR *précédé de* L'ORIGINE DES FONDS. *Nouvelles extraites du recueil* Nos gloires secrètes, n° 6085, 2016.

Dans la collection Folio Policier

QUATRE ROMANS NOIRS. La maldonne des sleepings – Les morsures de l'aube – Trois carrés rouges sur fond noir – La commedia des ratés, n° 340, 2004.

Aux Éditions Rivages

LES MORSURES DE L'AUBE, 1992 (Rivages/Noir n° 143).

LA MACHINE À BROYER LES PETITES FILLES, 1993 (Rivages/Noir n° 169).

Chez d'autres éditeurs

L'OUTREMANGEUR. *Illustrations de Jacques Ferrandez*, Éditions Casterman, 1998.

DIEU N'A PAS RÉPONSE À TOUT, tomes I et II. *Illustrations de Nicolas Barral*, Éditions Dargaud, 2007 et 2008. Prix Albert-Uderzo du meilleur album.

LES AMOURS INSOLENTES. 17 variations sur le couple. *Illustrations de Jacques Loustal*, Éditions Casterman, 2010.

LE GRAND PALAIS, CATALOGUE DÉRAISONNÉ. *Photographies de Raphaëlle Galliarde*, Réunion des Musées nationaux, 2010.

LUCKY LUKE CONTRE PINKERTON. *Avec Daniel Pennac, illustrations d'Achdé*, Lucky Comics, 2010.

DES SALOPES ET DES ANGES. *Illustrations de Florence Cestac*, Éditions Dargaud, 2011.

COLLECTION FOLIO

Dernières parutions

Composition Igs
Impression Novoprint
à Barcelone, le 04 mai 2021
Dépôt légal : mai 2021

ISBN 978-2-07-292352-4./Imprimé en Espagne.